青春豬頭少年不會夢到惡魔學妹

鴨志田一
插畫♥溝口ケージ

Kadokawa Fantastic Novels

——這天，梓川咲太在昨天早晨起床。

第一章

豬頭少年沒有明天

1

『日本代表成功了！』

男主播的聲音聽起來難掩興奮情緒，晨間新聞就此開始。

『各位早。今天是六月二十七日，星期五。首先為您播報足球新聞！』

客廳電視播放的影像，是正在地球另一側舉辦的世界盃足球賽精彩片段。看來是深夜時段進行的分組賽第二場。

日本隊以一分落後的上半場即將結束時，日本十號球員果敢運球進攻，因為對方球員的蠻橫守備而跌倒。哨聲響遍球場。是在禁區外緣踢自由球的好機會。

四號球員放好球之後一步步退後，確保助跑的距離。

隔著畫面都感受得到緊張。

梓川咲太愕然注視這幅影像。

「這……我看過。」

並不是在深夜看實況轉播，咲太在「昨天早上」看過這段剪接過的影像。記得日本四號球員踢的這一球，從對方守門員的反方向破網得分。

咲太倒抽一口氣，注視電視播放的精彩片段。四號球員踢的這一球，描繪著和咲太記憶一模一樣的軌道飛進球門。

被追成同分的對方選手不甘心地咬著下唇，後方是自由球破網得分的日本四號球員高聲咆哮。日本球員們聚集在他身邊，場邊助手們歡欣鼓舞。

得到這一分的日本球員再接再厲，下半場攻下第二分，就這麼維持一分領先漂亮獲勝。

咲太見證比賽結果正如預料之後，為了釐清支配全身的這個疑問，先回到自己房間一趟。他看向床邊鬧鐘，數位畫面也有顯示日期。

——六月二十七日。

畫面上的日期和主播告知的一樣。

「這是……怎樣……」

依照咲太的認知，今天是六月二十八日才對，但電視與時鐘都表示是一天前的六月二十七日。這麼一來，今天就是昨天，昨天就是今天。

「……原來如此，是夢啊。」

咲太上床蓋上毯子，決定睡回籠覺。

既然今天是昨天，那麼睡到明天就好。

他抱著這個念頭閉上雙眼時，房門發出聲響開啟。

「哥哥，你不是起床了嗎？」

傳入耳中的是親妹妹楓的聲音。

啪噠啪噠的小小腳步聲逐漸接近。

「不可以睡回籠覺，請起來啦。」

楓輕輕搖晃咲太。

「我決定睡到明天。」

「不用上學嗎？」

「嗯。」

「那麼，楓也要一起睡喔。」

楓說著抓住毯子，打算鑽到床上。

「那我起來吧。」

咲太坐起身子。

「咦？這麼乾脆？」

身穿熊貓睡衣的楓才要爬到床上，咲太便立刻站起來。他決定逃避現實還是適可而止，離開房間回到客廳。

晨間新聞依然在播報足球話題。

不久，楓也發出啪噠啪噠的腳步聲回到客廳。

「我說楓啊……」

「是。」

「我問妳一個怪問題。」

「是……色色的問題嗎？」

「並不是。」

「哥……哥哥，不可以這樣啦。」

楓只有雙手掩面扭動身體，沒在聽咲太說話。

「這則新聞，我們昨天也看過吧？」

「……足球的新聞嗎？」

楓從指縫看向畫面。

「對。」

「那個……沒看過啊。」

楓蹙眉露出為難表情，看來聽不懂咲太這麼問的意圖。

「我想也是……那就沒事。」

咲太一邊回應楓，一邊覺得腹部傳來山雨欲來的感覺。他認為自己被捲入某種麻煩事。

咲太就這樣抱持不明就裡的心情和楓一起吃早餐，一頭霧水地決定先上學再說。

他心想，出門之後或許可以明白某些事。

「哥哥，路上小心。」

咲太在笑盈盈的楓目送之下離家，搭電梯到一樓，「呼……」地嘆口氣之後走向車站。

他和以往不同，一邊注意周遭氣氛一邊前往車站。公寓與獨棟住家並排的住宅區，經過公園旁邊就會看見一座橋，過橋之後來到大馬路。距離車站愈來愈近，商務旅館或家電量販店等大型建築物映入眼簾。

路上沒發現顯眼的異狀。有人和咲太一樣要前往車站，也有主婦出來倒垃圾，還有花店大叔在打掃店門口。

步行約十分鐘之後，抵達神奈川縣藤澤市的市中心——藤澤站，許多通勤的上班族與通學的學生來來往往。轉搭東海道線的上班族；接連穿過小田急驗票閘口的學生，和咲太一樣走連通道要前往江之電藤澤站的人們。

從眾人的腳步都感受不到迷惘，大家快步走向目的地，心無旁鶩筆直行走。只有咲太四處張望觀察人們的行動。

「難道說，只有我嗎……」

穿過江之電藤澤站驗票閘口的時候，這種討厭的預感隱隱作痛。

等待兩分鐘之後，搭乘進站的電車。短短的四節車廂洋溢復古氣息。車門隨著發車的鈴聲關閉，電車起步前進。

隨電車晃動約十五分鐘後，抵達沿海的七里濱站。從車站徒步數分鐘，就是咲太就讀的縣立峰原高中。

身穿相同制服的學生們魚貫下車。走到車外的瞬間，就聞到一股夏季將近的海潮味。再過十天，鄰近的海灘就會開放，沿岸將滿是享受海水浴的遊客。

目光移向海面，看得見數個趁著梅雨季放晴前來衝浪的風浪板。

熟悉的景色，沒有明顯的疑點。

通往校門的短短道路也一如往常，籠罩著峰原高中學生們的喧囂聲。和同學嬉鬧的一年級男生；單手拿著參考書的三年級學生；聊著昨天放學後去唱歌的話題而開心不已的女學生們……

看向各處，都只有日常的風景。

完全沒人提到「我說啊，今天是不是第二次？」、「果然嗎？我也是！我也是！」、「真的嚇死我了～～」之類的話題。

對於第二次的六月二十七日感到困惑，抱持身處夢境的心情行走的人，只有咲太。

穿過校門進入校舍，唯二朋友之一的國見佑真前來搭話。

「嗨，咲太，你今天頭髮也很翹喔。」

參加籃球社晨練的佑真是及膝運動褲加一件T恤的運動社團打扮。不少學生連上課都這樣穿，直到放學都不換制服，佑真也是其中一人。

「這種髮型就是要這樣翹喔。」

「真創新呢。」

說完露出笑容的佑真也極為正常……應該說咲太對這樣的互動有印象。和記憶中的「昨天」完全一致。

「……」

「咲太，怎麼了？」

「……沒事。」

「怎麼啦？」

「國見真的帥得讓我火大呢。」

「啊？這是怎樣？」

咲太沒說今天是第二次，隨便敷衍之後前往教室。

上午的課程是數學、物理、英文、現代國文等四個科目，內容也和咲太昨天上的完全一樣。數學老師的「這裡期末考會考喔～～」、物理老師的冷笑話、英文老師的「Mr. Azusagawa, listen to me」，以及現代國文老師襯衫衣領沾上口紅，都和咲太「昨天」看見的相同。

隨著時間經過，咲太心中的疑惑逐漸變成確信。

——只有我維持記憶回到昨天。

乍看完全和平的教室日常風景，因為這個想法而變成毛骨悚然至極的空間。

是世界出問題嗎？還是咲太出問題？

「當然是世界吧。」

身體知覺很正常，只存在著真實感，毫無餘地懷疑這是一場夢。

就這樣，午休時間來臨。

「既然今天是昨天……」

咲太在這天的午休時間有一個重要的約定。為了確認這一點，咲太走出二年一班教室。

十分鐘後，咲太位於校舍三樓某間空教室。看得到海的窗邊，隔著書桌坐在正前方的是三年

級學姊——櫻島麻衣。

五官端正有型的女孩，藝人也相形失色的美女……應該說麻衣是貨真價實的藝人，從童星時代就大顯身手的實力派女演員，全國家喻戶曉的超級名人。雖然這兩年停止演藝活動，不過最近復出了。

麻衣為咲太做的便當放在桌上，菜色和咲太昨天吃的一樣。

炸雞塊、煎蛋捲、羊栖菜燉豆，馬鈴薯沙拉以小番茄點綴。

咲太逐一夾起來送進嘴裡確認味道，調味偏淡卻很溫和。不只是外表，味道也和咲太的記憶相同。

「……」

究竟發生什麼事？完全搞不懂。

「不好吃？」

「嗯？」

咲太對這個聲音起反應抬頭一看，鼓起臉頰的麻衣就在眼前。她沒有掩飾不滿，全力對咲太發洩情緒。

咲太專心想事情，完全忘記說吃了便當的感想。應該說因為已經講過一次，所以咲太以為自己講過了。

「超好吃的。」

「完全看不出來。」

「真的啦，我甚至想要每天吃。」

「就算講得好像昭和時代的求婚台詞，我也不會上當。你在吃我的便當時究竟在想什麼？」

不愧是麻衣，真敏銳。

「吃得到麻衣小姐親手做的便當好幸福，我只是在細細品嚐這份幸福。」

咲太覺得現階段不應該告訴麻衣。咲太自己也不清楚發生什麼事，即使含糊告訴麻衣，也只會令她無謂操心。

「是喔……」

麻衣只要稍微無法接受，就會以態度來表示。

「麻衣小姐，我可以問一個怪問題嗎？」

「色色的問題？」

楓也一樣，為什麼會聯想到那裡去？咲太深感遺憾。

「我可不會告訴你內衣顏色喔。」

「這我會自己想像享受，所以沒關係。」

「唔哇，好噁！」

咲太自認在開玩笑，麻衣卻真的嚇到了。

「所以，你說的怪問題是什麼？」

「我在麻衣小姐的心目中是什麼人？」

「只是個囂張的學弟吧？」

麻衣想都不想就隨口回答，也沒忘記意識到咲太而強調「只是」兩個字。

「……這樣啊。那麼，麻衣小姐覺得妳在我的心目中是什麼人？」

「單戀中的……非常漂亮、非常溫柔，由衷憧憬的學姊。」

「說對了。」

咲太說著將煎蛋捲送入口中咀嚼。

雖然非常遺憾，不過他和麻衣的關係果然完全回復到從前。麻衣明明答應交往了。

本應確定是「男友」，卻回到「囂張的學弟」，天底下沒有比這更悲傷的事。

不過，既然這個怪現象妨礙咲太的戀愛之路，那就抵抗吧。只要再讓麻衣答應交往就好。

不能因為這種程度的障礙就鬧彆扭，要咲太死心更是免談。

「說真的，你要問的怪問題是什麼？」

眼前是麻衣疑惑的視線。

「為了今後著想，我想正確掌握現狀。」

咲太以煞有介事的理由轉移話題。他沒說謊，是真的想仔細了解這個莫名其妙的現狀。

「總覺得很可疑。」

麻衣輕輕瞇細雙眼，窺視咲太的臉。

「不提這個，麻衣小姐……」

「不准離題。」

咲太假裝沒聽到，繼續說下去。

「我喜歡妳。請和我交往。」

他目不轉睛注視麻衣。

「就說了，不准離題。」

「希望妳不要忽略我的表白。」

「因為……我聽膩了。」

麻衣打從心底覺得無趣般低語。

「這樣啊……我失戀了嗎？那就得尋找新的戀情了。」

「慢著……」

「謝謝學姊至今的照顧。」

咲太鞠躬致意之後，深深地「唉～～」了一聲。失戀的嘆氣。

「我……我沒說不行……你為什麼要死心啦！」

麻衣以鬧彆扭的眼神瞪過來。

「那麼，可以嗎？」

「唔……明明是咲太卻這麼囂張。」

「可以嗎？」

咲太不死心，再問一次。

「……嗯。」

麻衣微微點頭。

「可以喔。」

她以幾乎聽不見的音量低語。

麻衣如同要掩飾害羞，默默吃著煎蛋捲。這個舉止真可愛，咲太全身興奮不已。

「麻衣小姐。」

「什……什麼事？」

「我可以抱緊妳嗎？」

「為什麼？」

麻衣提防般揚起視線觀察。

「因為現在的麻衣小姐超可愛。」

「那就不行。絕對不行。」

「咦~~」

「畢竟你可能順勢推倒我……況且，你這麼問，我當然不可能答應你吧？」

在這之後，麻衣依然不曉得在嘀咕抱怨什麼。

午休約會在預備鈴響起時結束，咲太向麻衣道別之後回到教室。

回程途中，他在行經的樓梯轉角處看見熟悉的人。現代風格的時尚鮑伯頭短髮，上淡妝的臉頰微微泛紅，表情整體給人非常柔和的印象。

是古賀朋繪。

大約一個月前誤會咲太是變態，小他一歲的一年級學生。那場初遇令咲太印象深刻，就這樣記住了她的名字。當時咲太只是在幫迷路女童找媽媽，完全出自純真無邪的親切，她卻大喊：

「去死吧，戀童癖變態！」狠狠一腳命中咲太的尾椎骨。

這樣的朋繪現在溫順地低著頭。仔細一看，她的正前方有人。是高瘦的男學生，不過體格結實，應該是運動社團的人。頭髮是褐色，腳跟踩在室內鞋上沒穿好。從制服穿舊的程度來看大概是三年級，俗稱的「型男」。

「前澤學長……請問是什麼事？」

朋繪緊張兮兮地仰望。看來那個男學生叫做前澤。

「那個，可以的話，要不要和我交往？」

「咦？」

「不願意嗎？」

「啊，不，那個，那個……請讓我考慮一下。」

朋繪如此回應，有種拚命的感覺。

「知道了，等妳的回應。」

前澤學長隨口說完就準備上樓。在這時候撞見會很麻煩，所以咲太快步走到走廊。

「那個傢伙真受歡迎呢。哎，畢竟很可愛。」

平常碰到這種場面會詛咒他人不幸，但今天覺得祝他人幸福也不錯。因為麻衣答應交往了。

「接下來……要是明天會來臨就完美了。」

對於現在的咲太來說，這是最嚴重的煩惱。

當晚，咲太不希望同一天再度來臨，決定執行自己想到的某個點子。

就是熬夜。

早上起床會回到昨天，那麼不睡覺會如何？既然這樣，只要不睡覺迎接明天就好。

深夜超過兩點時，咲太忍著呵欠打開電視打發時間。螢幕上播放的是足球賽。深藍色的隊服，也就是武士藍。是日本隊的比賽，而且是Ａ組。

「喂喂喂，連續兩天嗎……」

即使賽程緊湊，應該也會調整為踢一休三才對……

「嗯？」

不太對勁。

咲太看球看到一半，察覺某件事。

「這場……我看過。」

現在時段是前半場即將結束……十號球員在中線接到隊友傳球，高速運球切入敵陣。穿越兩人時，對方選手忍不住以背部衝撞。哨聲響起，日本隊得到禁區外緣的自由球機會。

和今天在晨間新聞看見的精彩片段相同，畫面右上角卻打上「ＬＩＶＥ」的文字。換句話說，電視畫面是衛星實況轉播，在現在的這一瞬間，這場比賽在地球的另一側進行。

「……真有趣的玩笑呢。」

咲太連忙回房看時鐘。時鐘顯示時間是凌晨兩點十分，日期是「六月二十七日」。

「……」

以為已經是隔天而大意了。不知何時又回到了昨天。

咲太回到客廳，繼續看比賽轉播。裁判吹哨之後，四號選手助跑踢球。

這顆球射入球門……原本以為是這樣，沒想到這一記強力射門命中門框。彈出來的球被對方高大的後衛踢開，日本沒得分。

「啊？為什麼？」

戰局和預料的不一樣。在這個時候，咲太腦中浮現先前和朋友雙葉理央的對話。

——換句話說……日本足球隊比賽的時候，明明只看體育新聞的結果是贏球，不過只有我收看實況比賽的時候會輸球。是這個意思嗎？

——為了日本球隊著想，你今後最好不要看足球賽。再也不准看。

記得是聊到觀測是否影響結果……討論這個話題時的對話。

「不對，怎麼可能，騙人的吧……」

日本隊居然因為咲太看比賽而輸球，絕對不該如此。

咲太抱持祈禱般的心情，為日本隊加油到比賽結束。但日本隊沒能追回前半場這一分，就這樣以零比一輸球。

實況主播與球評開始回顧比賽過程中的數個可惜場面，在關鍵時刻沒能發揮實力的老毛病又犯……聽慣的日本隊弱點再度被提出。

這麼一來，若要從分組賽晉級，接下來和足球強國的這一戰非贏不可。實況主播讓咲太得知日本隊處境艱難。

「看來明天……應該說今天，也可以說昨天……得找雙葉商量了。」

深夜，咲太只能在客廳獨自抱頭煩惱。

2

結果，咲太得知熬夜沒有意義，後來熟睡迎接隔天早上的來臨……他抱持不肯放棄的心情打開電視，螢幕上播放日本隊遺憾敗北的新聞。

「真的不是我害的吧？」

咲太就像要逃離這份莫名的內疚感，比平常早三十分鐘出門。

光是提早三十分鐘，周圍景色看起來就神奇地不同。感覺空氣微微泛白，藤澤站來往的人潮也略為相異，上班族似乎比較多。如果是平常出門的時段，穿制服的國高中生肯定更多。

這種傾向在搭慣的江之電車內尤其顯著，說起來乘客原本就不多。

七里濱站到學校的這條路，理所當然地沒什麼人，在這站下車的乘客除了咲太之外屈指可數。如果是通學時間，峰原高中的學生們就會魚貫列隊前進了。

心情上彷彿待在另一個場所。

咲太在無人的校舍入口換穿室內鞋。沒人的時候，氣氛就不一樣，鴉雀無聲。這就是所謂的「靜謐」吧。

咲太感受著和平常不同的氣氛，行經階梯前方不上樓，走向物理實驗室。

「雙葉，妳在嗎？」

咲太一邊呼喚一邊打開門。

他要找的人位於黑板前方。身穿制服披上白袍的嬌小女學生，咲太唯二朋友的另外一人——雙葉理央。

理央看都不看咲太一眼。

「唉……」

她憂鬱地嘆口氣。

咲太不以為意，隔著桌子坐在理央正對面。

兩人中間是放在燒杯上的吐司，以及冒著蒸氣的咖啡杯。吐司有金黃色的烤痕，看來她正要吃早餐。

社員只有理央的科學社活動內容有點自由過度。

理央雙手拿起吐司一啃，就響起酥脆的聲音。

「那個……」

「不要。」

「我什麼都還沒說吧？」

「特地在這種時間過來，肯定是麻煩事吧？」

不愧是理央，真敏銳。不對，任何人在這種狀況，肯定都會覺得發生了某些事。

「我來回報一個耐人尋味的現象。」

「這就是我說的『麻煩事』。」

理央揮手要趕走咲太。

咲太無所適從。

「快離開吧。」

理央不悅地啃著吐司邊。
理央平常就很冷漠，但今天感覺隱約帶刺。大概是情緒不穩定吧。
「我才要問，妳發生了什麼事嗎？」
在意這一點的咲太先這麼問。
「為什麼這樣問？」
理央終於和他視線相對，雙眼隔著鏡片露出警戒的神色。
「因為妳心情不好。」
「哪有……」
即使嘴裡這麼說，卻不打算隱瞞的樣子。
「唉……」
理央死心般嘆出長長的一口氣。
「總之，比起一個人悶悶不樂，找你聊天逗我笑比較好。」
理央看著窗外的景色，自言自語般輕聲這麼說。
「這是怎樣？」
究竟是積極還是消極……她的態度令人難以判斷。
「今天早上，我和參加晨練的國見搭同一班電車。」

「被他性騷擾嗎？」

咲太視線自然落在理央傲人的胸口。

「國見哪可能做這種事？」

「別用這種眼神看我，好像在暗示他和我不一樣。」

「那你就別看。」

理央像要隱藏胸部般側身。她明顯很抗拒，所以咲太努力別看她的胸部。

「所以？和國見搭同一班車之後怎麼樣了？」

「沒怎麼樣……有女友的男生向我搭話，我居然覺得開心，我只是討厭這樣的自己。」

理央有些自嘲地露出苦笑。

「真是充滿少女情懷的煩惱呢。」

「不過你向我搭話，只會讓我作嘔。」

「需要補充這句話嗎？」

絕對不需要。不過，如果理央亂發脾氣能中和情緒，這種程度的事算不了什麼。

「總覺得我好像愈來愈不行了。」

理央將最後一塊吐司邊塞進嘴裡，發出聲音啜飲咖啡，然後「唉～～」地嘆出長長一口氣。

「要不要乾脆說出來？」

「說什麼？」
理央明知咲太的意思，卻像是要轉移話題般詢問。
「說妳喜歡他。」
「……喜歡誰？」
理央這次感覺有點猶豫。她知道一旦這麼問，咲太就會說出那個人的名字。
「當然是國見。」
「我說啊，梓川……」
「說妳喜歡他就行了。」
咲太看著理央的雙眼，刻意封鎖退路般如此告知。
「……」
理央明顯噘起嘴，在椅子上抱膝往側邊坐。
「我現在不想聽這種中肯的論點。」
她以鬧彆扭的語氣這麼說。
「是我的錯。」
「真的是你的錯。」
「不過，妳打算一直維持現狀嗎？我覺得最好在更加糾結之前講清楚。」

咲太知道理央刻意一大早就進行社團活動，是因為可能遇見晨練的佑真。不過真的遇見卻是這副模樣。

「就說了，我不想聽這種中肯的論點。」

理央說到這裡再度嘆氣。足以吹飽氣球的深深嘆息，側臉只能以憂鬱來形容。

「要是我說出來，國見應該會為難吧。」

「儘管讓那種爽朗的傢伙為難吧。」

「要是我也和你一樣沒神經該有多好。」

「聽妳這麼誇獎，我會害羞。」

「不愧是沒神經的傢伙。」

「男生這種生物，樂於被女生耍得團團轉喔。」

「這只適用於你這個豬頭少年吧？」

「但我覺得國見的女友也挺了不起的。」

之前，國見的女友曾經當著咲太的面說「和沒有融入班上的梓川打交道，佑真很可憐」。無論怎麼想，聽她這麼說的咲太都比國見可憐。她叫做上里沙希，和咲太同樣就讀二年一班。雖然不是咲太喜歡的類型，在男生之間卻很受歡迎，大家都誇她可愛。她在班上是最亮麗、最吸睛小團體的核心人物。

在無人的物理實驗室獨自進行科學社活動的低調理央，和她完全相反。

「我說梓川……」

「什麼事？」

「居然聊到她，你真的很沒神經。」

「妳需要採取極端手段。不願意的話就趕快豁出去吧。」

「就憑你梓川，不要講得這麼中肯好嗎？」

理央也知道這是唯一的解決方法。雖然知道，卻沒能付諸實行。因為說出來就結束了。

「只有我講得出這種難以啟齒的事喔。」

「你就是因為會自己講這種話才沒救。」

理央有些愉快地笑，看來稍微轉換心情了。

「所以，你要講什麼事？」

「明天老是不來，我很困擾。」

「你原本就沒有光明的未來，所以還好吧？」

咲太直接說明來意，卻被數落得好慘。

「一點都不好，玫瑰色的未來等待著我。」

從今天午休開始，將會和麻衣交往。要說接下來的未來是玫瑰色一點也不誇張。

「總之，今天是昨天、昨天是今天，我很困擾。」
「可以講人話嗎？」
「我也是人啊？」
「你不是豬頭少年嗎？」
「我說啊……啊，不，算了。那個……」
咲太放棄反駁，對理央從頭仔細說明自己面臨的神奇事態。

五分鐘後。

「呵啊～～」
聽完咲太說明的理央慵懶地打了一個呵欠。
「所以雙葉，妳認為呢？」
咲太以徵詢意見的正經眼神注視理央。
「梓川，這是中二病喔。」
「我是高二。」
「那就叫高二病吧。」
「真不負責任呢。」

理央擺出一副嫌煩的態度。她自己泡了第二杯咖啡喝。
「如果不是這樣，那就是你最喜歡的思春期症候群吧？」
這番話也說得不負責任。
「我一點也不喜歡。」
思春期症候群。
在網路某些族群間成為話題的神奇現象，通稱為「思春期症候群」。例如「聽到別人內心的聲音」或是「看見物體的記憶」，這種頗為靈異的可疑傳聞。
沒人當真。
不過，咲太至今數度經歷類似的現象。這次應該也是吧，想不到其他的可能性。
「話說，幫忙想辦法解決吧。」
「這只能由你自己想辦法吧。」
「理由說來聽聽吧。」
「就我所見，包含我在內的其他學生就不用說了，總共七十億的其他人類都不認為今天是第三次。」
理央移動視線看向一旁的操場，棒球社社員正在晨跑。熱衷於揮汗練習的他們，確實不認為今天是第三次吧。要是他們這麼認為，現在肯定不是悠哉致力於社團活動的時候。

「要是這麼認為，現在應該會陷入恐慌。」

理央滑手機，將搜尋結果的畫面拿給咲太看。搜尋關鍵字是「六月二十七日」、「第三次」以及「反覆」。很遺憾，沒有值得注意的符合項目。

「所以，我認為這是你引發的思春期症候群。」

理央隨口說出討厭的判斷。

「我沒處於思春期特有的不穩定心理狀態，也沒感受到什麼強大的壓力啊。」

網路相傳這或許是思春期症候群的成因。對於不如意的現實感受到過度的壓力，因而展現出幻象。這是最有力的解釋，總歸來說就是逃避現實的產物。

「總之，你沒自覺的話就算了。」

理央似乎認定原因在於咲太。

「無論原因是什麼，關於現在發生的狀況，我說一個和你想法不同的見解吧。」

「什麼意思？」

「聽你剛才的說明，會覺得你在輪迴相同的時光對吧？」

「嗯，就是這種感覺。」

這是經常在科幻小說看到的時光輪迴劇情。

「最好不要受限於這種想法。」

「為什麼？」

「因為如果要回到過去，在各方面會很辛苦。」

理央沒說辦不到，看來存在著相應的理論。

「你經歷好幾次的『六月二十七日』，或許是從更久以前看見的未來。」

她說出這種驚人的言論。

她剛剛才說很難回到過去，無法想像她現在會說出這種話。

「聽妳的說法，預知未來似乎不難？」

「在某個時期，預知的可能性比回到過去來得高。」

「真的？」

「話是這麼說，但這是量子力學登場之前……古典物理學時代的事。」

「是喔……」

「聽說過『拉普拉斯的惡魔』嗎？」

「很抱歉，我不認識惡魔。」

「不知道就算了……存在於這個世界的所有物質，在相同物理法則的支配之下完全平等。這沒問題吧？」

「嗯，這就是物理學吧？」

「沒錯。將這個法則化為公式計算，就可以推算出未來的狀況。」

理央說明得相當簡單。咲太猜不出端倪而歪過腦袋。

「我完全摸不著頭緒。」

「具體來說，這個世界所有原子的位置與動量……動量是質量乘以速度，若能知道位置與動量這兩個要素，只要套用古典物理學的公式，就可以推算出未來的狀況。高中課程就會教到這個範圍喔。」

說來非常遺憾，同為高中生的咲太完全聽不懂理央在說什麼。他想詢問各種問題確認。

「『所有原子』的數量很驚人吧？」

或許真的堪稱無限。

「是啊。」

「這種東西的位置與動量，有可能全部查明嗎？」

光是清點一個飯糰由幾粒米組成就很辛苦了。

「至少在當時……十九世紀的物理學家們做不到這種事。即使能夠掌握所有原子的位置與動量，要以公式計算這麼龐大的資料，也需要相應的時間。所以計算一秒後的未來需要一秒以上，應該沒辦法預知吧。」

「我想也是。」

即使是現代電腦，應該也不可能做到這種事。

「所以，物理學家拉普拉斯提出一個做得到這種驚人之舉的虛構存在。」

「就是『拉普拉斯的惡魔』嗎？」

理央緩緩點頭。

「這個惡魔可以瞬間掌握這個世界所有原子的位置與動量，使用這些數字瞬間算出未來。換句話說，拉普拉斯的惡魔看透所有未來。」

「是喔……」

「看你一臉無法接受的樣子。」

「沒有啦，先不提這個惡魔可以計算未來，在這種狀況，比方說我們的想法就不會反映出來吧？這樣還算是『預知未來』嗎？」

「啊～原來你在想這個。」

「不可能連情感都預測吧？」

「可以喔。」

理央一口斷言。

「啊？」

咲太發出脫線的聲音。

「人體也是由原子組成。只要掌握位置與動量，就可以推算出大腦的判斷與知覺。」

「原來如此……早知道就不問了。」

「等你聽我說完就不會這麼認為了。」

「真的嗎？可是聽妳剛才的說法……要是連情感部分也已經納入計算，只要知道某一瞬間的原子位置與動量，任何未來都推算得出來吧？」

「是啊。」

「既然這樣，未來不就肯定只有一種？」

一旦得知某一瞬間的原子位置與動量，再來就只要更改經過的時間，肯定不需要修正其他數值。換句話說，時間以外的要素不會改變，會成為數學或物理所說的「常數」固定下來。

「居然察覺到這一點，你好聰明呢。」

理央說得像是在稱讚孩子。

「你說得對，我剛才說的就是這個意思。」

「所以是那樣嗎？無論我在考前有沒有溫書，下週期末考的結果都是固定的？」

「這就不太對了。分數確實已經固定，但『你有沒有溫書』這個解釋錯了。正確來說，你會不會溫書都是既定的事。」

「唔，啊，原來如此。」

「未來都已經固定」是這個意思。

「就假設你今天聽我說明之後，覺得『既然未來已經固定，就算努力也沒用』。」

「在這種狀況，拉普拉斯的惡魔也早就知道我今天會在這裡聽妳說完之後看開吧？」

「正是如此。」

雖然很複雜，但咲太聽懂了。

不過，換句話說……

「命運都是既定的嗎？」

就是這麼回事。

「忘記我一開始說的話了嗎？」

「今天早上，國見向妳搭話，妳超開心的。」

「去死吧。」

「唔～～記得妳說『這是量子力學登場之前』？」

「既然記得就不要多嘴。」

理央以有點鬧彆扭的表情瞪過來。從她平常大而化之的態度無法想像她會露出這張女孩子氣的臉蛋。

「以前我說明過『薛丁格的貓』吧？」

「在打開箱子之前，不能斷定貓的生死。對吧？」

這是大約一個月之前的事。為了解決在麻衣身上出現的思春期症候群，咲太來找理央商量，在當時聽她說明這個理論。

「總之，光是記得這麼多就很優秀了。」

「多誇我幾句吧。」

理央無視咲太這句話，繼續說下去：

「在量子力學的世界，粒子位置只以機率的形式存在。記得我這麼說明過嗎？」

「我現在想起來了。要確定位置只能進行觀測……對吧？」

「沒錯。而且雖然關鍵在於觀測，但是要觀測一定要打光。」

理央從抽屜取出手電筒打開，對準桌上的棒球。

「這樣就知道粒子的位置了吧？」

「對。不過粒子很小，所以要是用相同程度的光照射，速度與方向就會改變。」

理央伸手滾動手電筒照亮的球。球從桌面落地反彈，撞到椅腳後靜止。

「換句話說，只要調查粒子的位置，粒子的速度就會變化；若想知道包含速度在內的正確動量，位置就變成機率性的變數，不可能同時掌握兩者。」

「這樣真令人心急呢。」

「拉普拉斯的惡魔順利被量子力學消滅，這件事證明了未來並非既定。放心了嗎？」

老實說，咲太不太能放心。咲太不太懂這種量子力學，這種不太懂的東西不可能建立自信。

「不過，量子力學是屬於人類的觀點吧？」

「當然是這樣。」

「那麼……」

理央搶先在欲言又止的咲太說下去前開口：

「我知道你想說什麼。拉普拉斯的惡魔原本就是超越人類的存在，所以或許可以同時正確測量位置與動量。」

理央投以確認的視線。

「嗯，我就是想說這個。」

「惡魔究竟多麼優秀，由你決定不就行了？」

理央表示她就是為此而聊這個話題。

同時，她也暗示咲太就是「拉普拉斯的惡魔」。

「很抱歉，我不是這種詭異的惡魔喔。」

「你就好好小心別被解剖吧。」

「只要妳別向神祕的研究機構告密，應該就沒問題。」

「這樣的話，我們或許再也見不到面了。」

理央朝桌上的智慧型手機一瞥。

「如果你堅決否認，就要找出真正的『拉普拉斯的惡魔』了。」

「妳覺得在哪裡？」

至少學校沒教如何尋找惡魔。

「只有惡魔和你一樣，知道『六月二十七日』不斷重複吧？既然有這個記憶，我推測這個惡魔採取的行動很可能和上次的『六月二十七日』不同。」

「啊～～原來如此……」

理央說得對。要是惡魔察覺這個事態，或是對於這個狀況感到困惑，很可能會進行某些處置或採取某些行動。

雖然這麼說，但咲太毫無頭緒，不曉得該從哪裡找起。

還沒說出這個疑問，宣告早晨班會將在五分鐘後開始的鐘聲就響了。明明特地提早到校，要是遲到也很荒唐。

咲太拎著書包起身。原本想幫理央收拾，但她說「不用了，你先走」。

「那麼，謝啦。」

咲太要走出物理實驗室的時候，忽然想到一件事，停在門口。

「啊，對了，雙葉。」

「什麼事？」

「如果今天再度重複，要不要幫妳在早上別遇到國見？」

這麼一來，她肯定不用一大早就露出那麼憂鬱的表情。

「……」

理央思考片刻。

「多管閒事。」

她微笑著這麼說。

「目前我打算自己解決。」

「沒辦法解決的時候要說喔。」

「說得也是。梓川欠我這麼多人情，得找時間叫你還才行。」

「我會連本帶利還妳的。」

在掛著挖苦笑容的理央目送之下，咲太離開了物理實驗室。

3

——要找出真正的「拉普拉斯的惡魔」。

雖然理央這麼說，但究竟要從哪裡著手？

咲太完全猜不出誰是惡魔，也不保證是身邊的人。搞不好也可能是住在地球另一側的人。

「是這樣的話就完了……」

區區的高中生，手頭沒有寬裕到可以前往地球的另一側，咲太連護照都沒有。看來前途多災多難。不對，這種狀況應該說前途無光。

心情處於絕望的谷底。

即使如此，到了午休時間，咲太還是迅速離開教室前往三樓。他和麻衣約好在空教室一起吃午餐。

咲太當下最關心的事，是他和麻衣的交往。這部分再度回到白紙狀態。今天接下來也是一邊享用麻衣親手做的便當，一邊向麻衣表白的時間。這段時間就某方面來說相當愉快，也是咲太現在僅有的救贖。

咲太抱持有些興奮的心情，拉開空教室的門。

此時，咲太以為無人的教室傳出聲響。仔細一看，講桌後方露出一個穿著裙子的屁股。當事

人似乎自認藏得很好。

「……」

強烈的突兀感傳遍咲太全身。

第一次與第二次的「六月二十七日」沒發生這種事，只有午休時間一開始就來到這裡的咲太以及晚一步前來的麻衣，在這裡盡情享受兩人世界的幸福時光，沒有任何人來打擾，而且咲太也沒在這間空教室遇見麻衣以外的人。

這麼一來，眼前展開的光景就和第一次與第二次不同。咲太即將遇見採取不同行動的人。

今天早上在物理實驗室聽理央說的那番話掠過腦海。

——只有惡魔和你一樣，知道「六月二十七日」不斷重複吧？既然有這個記憶，我推測這個惡魔採取的行動很可能和上次的「六月二十七日」不同。

而且，眼前的狀況完全符合這番話。

「找到了，拉普拉斯的惡魔。」

咲太說完，躲在講桌後方的人戰戰兢兢地露面，就像從巢穴觀察外面是否有危險的小動物。

咲太對這張臉有印象。

流行時尚感的短鮑伯頭、圓圓的大眼睛、給人柔和印象的可愛淡妝。全身散發明顯的亮麗氣息，很像女高中生的女高中生。道地的女高中生。

單手拿著裝了明太子顏色保護殼的智慧型手機，嘴巴張開的這個女高中生，是一年級的古賀朋繪。

個頭在女生之中也算矮，整體來說很嬌小的外表，要稱為「惡魔」也太弱了一點，頂多是小惡魔的等級。小小的惡魔。

海風從敞開的窗戶吹進來，溫柔拂動朋繪的頭髮與裙襬。先開口的是朋繪。

「佐藤一郎。」

「這是隱世的假名。」

她居然還記得一開始隨口編的假名，咲太嚇了一跳。看來朋繪和咲太不一樣，只要打過一次招呼，就會清楚記住對方的姓名。

「……是梓川學長吧？」

揚起的視線稍微缺乏自信。

「梓川咲太，二年級。」

「古賀朋繪，一年級……您好。」

像是刻意追加的恭敬問候，散發的氣息也略微安分一些。

「用平輩語氣就好，畢竟我們是在大馬路互踢屁股的交情。」

「忘記那件事，拜託！」

臉頰鼓得圓滾滾的朋繪是完全符合咲太印象的朋繪。

朋繪雙手按住屁股，大概是回憶起當時的痛楚吧。這個姿勢令咲太稍微覺得自己對學妹做了不好的事。

「古賀，我想冒昧問妳一個問題。」

「什麼問題？」

「今天是第幾次？」

「！」

咲太問完，朋繪睜大雙眼。驚訝又混了些許不安的雙眼動搖。

「我是第三次。」

咲太如此告知之後，朋繪點了一次頭回應：

「我也是第三次。」

她說著豎起三根手指，接著表情逐漸變得泫然欲泣。

「原來……不是只有我……」

咲太還來不及驚訝，她的不安就化為淚珠一顆顆滑落。大概是感到安心了，她當場無力癱坐下來。

「這究竟是怎樣啦～～！」

「天曉得。」

「為什麼同一天一直來？」

「不知道。」

「為什麼不知道？」

「不知道就是不知道。」

直到剛才的放心表情立刻被不安取代。

「還以為這樣就能得救了，把我的淚水還給我！」

「去喝自來水補充吧。」

「今後會怎麼樣？」

這是咲太想問的問題。

「會怎樣吶？」

朋繪以鮮少聽到的口音詢問相同的問題。看來她沒察覺自己是這個狀況的成因，可以說毫無自覺。

「學長為什麼面不改色？」

朋繪抓住咲太的衣領前後搖晃。

「慌張就能解決嗎？」

「不能，但是一般來說都會慌張喔。」

「是嗎？」

「是啊，學長神經有問題。在全校學生面前表白的怪人果然不一樣。」

「我覺得當面說別人『有問題』的人，神經也沒正常到哪裡去。」

「吵死了……」

「姑且問一下，妳心裡有底嗎？」

「一丁都不懂吶。」

「妳說什麼？」

「完……完全不知道。」

「真沒用～」

「沒用的是學長吧！」

「最近有沒有遇到什麼討厭的事或是煩惱的事？」

「為什麼非得對學長講這個？啊，有簡訊。」

朋繪說著看向手機畫面。

「這個狀況……我覺得是思春期症候群。如果這是妳思春期特有的不穩定精神引發的現象，就只能查明不穩定的原因然後解決。」

「思春期症候群……學長，你瘋了？」

瞧不起人的語氣。朋繪視線依然落在手機上，手指在畫面上又按又滑，看起來很忙碌，似乎是在回信。

「那只是網路謠言吧？學長居然會相信，真是難以置信。」

咲太之所以相信這種存在，是因為他經歷過這種難以置信的現象。

第一次是妹妹楓遭殃的那時候。光是看到班上同學們無心的留言或訊息，皮膚就會出現遭毆打的瘀青或是利刃的割傷。咲太親眼看見這個現象。

一個月前，麻衣變得無法被他人看見，連關於她的記憶都逐漸消失。

而且，現在正符合這個狀況。

「我能體會妳的心情，不過同樣的日子重複三次，只能認定思春期症候群不是普通的都市傳說吧？」

「唔，確實……」

告訴自己「這是夢」逃避現實也有極限。咲太像這樣遇到相同處境的朋繪，真實感就愈來愈強烈。理央說或許只是預知未來，不過再怎麼想，身體的知覺也處於現實之中。

「話說，別在討論的時候滑手機啦。」

咲太從朋繪手中一把拿起手機。

「啊，還我啦～～」
咲太舉起手不讓嬌小的朋繪搆到。朋繪跳啊跳的想拿回手機，但高度不太夠。
「我不會邊講邊滑了！」
朋繪出言反省，所以咲太將手機還她。
「拿去。」
朋繪以野生動物般的敏捷動作抓了手機，立刻繼續默默操作畫面。
「……」
「……」
「妳寧願滑手機也不講話？」
「我會分心，別跟我說話。」
「女高中生真猛啊。」
就這樣，咲太被迫等了約二十秒。
「所以，什麼事？」
朋繪終於從螢幕上抬頭。
「最近有沒有遇到什麼討厭的事或是煩惱的事？脫離六月二十七日的線索或許在裡面。」
「唔～～……」

朋繪皺眉認真思考。

充分煩惱約十秒之後……

「有點胖了。」

她臉頰微微羞紅，以正經的音調招供。

「……」

就咲太看來，嬌小的朋繪很瘦，各方面都非常苗條。

「那……那是什麼眼神？」

「放心，妳反倒算是瘦的，沒問題。甚至應該胖一點，讓平坦的胸部多長點肉。」

「都會長到屁股跟肚子，所以才困擾啊！」

聽她這麼說就發現，她的腰部到臀部一帶確實滿有分量的。

「聽說按摩會變大喔。」

「那種方法已經試過了啦～～」

即使咲太盯著看，朋繪依然毫無戒心，以雙手按住胸部。

「那就死心吧，男生又不會因為胸部大小就喜歡女生。話說有沒有別的煩惱？這種沒營養的煩惱就別說了。」

「要開始上游泳課了，所以很嚴重啦！明明沒胸部卻也沒腰身，夏天簡直是地獄……」

朋繪還想說下去，卻突然睜大雙眼語塞。

「啊！」

朋繪的視線投向咲太身後……走廊的方向。

「躲……躲起來！」

朋繪拉著咲太的手，就這樣將他塞進講桌下方。

「這是在做什麼？」

「先別問了！」

朋繪也跟在咲太後面鑽進狹窄的講桌下方，跨坐在幾乎躺下的咲太身上。

這是最近一年級流行的遊戲嗎？搞不懂年輕人在想什麼。

咲太抱持著這個疑問偷看外面，從門縫隱約看得見男學生的身影。是上次的六月二十七日，對朋繪表白的三年級學生……記得朋繪叫他「前澤學長」。

「臉，縮回來！」

朋繪以雙手夾住咲太臉頰，拉回講桌底下。

「他在找妳吧？」

「我覺得應該是……但我傳簡訊說午休時間有要事之類的……」

「要事～～？看起來不像啊？」

「所以我說是『要事之類的』啊。」

總歸來說，她似乎對前澤學長說謊了。

「別講這種莫名其妙的話，快去讓他表白吧。」

「你為什麼知道表白的事？」

「我上次看見了。」

眼前是朋繪小小的臉蛋。嬌豔的粉紅色雙唇，呼吸拂在臉頰有點癢。咲太稍微端正姿勢，以免不小心碰到不該碰的部位。

「呀啊！」

此時，朋繪身體抖了一下。還以為刺激到哪個敏感部位，實際上並非如此，是手機在朋繪手中震動。背光亮起，她再度打起簡訊。

「這是什麼特殊的玩法？」

「……」

專心操作手機的朋繪不予理會。

咲太等她打完的這段時間，不經意往下一看，發現她的裙子掀起來了。右大腿根部露出白色的布料。

「喂，古賀。」

「晚點再說。」

「我看見妳的內褲了。」

「現在沒空管那個啦！」

朋繪斷然忽視咲太的忠告。

「我已經猜不透女高中生了。」

看來比起自己的貞操觀念，傳訊息給別人比較重要。咲太不得已，只好幫她拉好裙子，這麼一來只會看到大腿。

這段時間，朋繪似乎也順利傳訊了。

「為什麼要躲起來？」

說起來，咲太應該沒必要一起躲。

「因為……前澤學長是玲奈崇拜的人。」

朋繪輕聲說完，投以「你懂吧？」的視線。

「啊？」

完全無法理解的咲太做出理所當然的反應。

「啊？」

朋繪居然也以「啊？」回應。

「為什麼不懂？」

「應該是因為我幾乎沒聽妳說明吧。」

「那麼，唔……我經常和玲奈一起去看籃球社練球。」

「這位玲奈小姐是何方神聖？」

全國家喻戶曉的藝人之類嗎？

「同班的朋友……香芝玲奈。她說前澤學長很帥……我只是陪她一起去看……」

朋繪說到這裡結結巴巴。

「結果那個前澤學長比較欣賞妳？」

「……唔，嗯。」

朋繪緩緩點頭。

「妳也喜歡那個人？」

「不……那種萬人迷我一丁都不喜歡吶。」

「既然這樣，趕快去讓他表白然後拒絕就好了吧？」

沒必要躲起來，表現得落落大方就好。甩掉這種像是會在校慶將近時突然組樂團的帥哥是很痛快的事。

「要是我這麼做，肯定會被班上排擠啦！他是玲奈……我朋友喜歡的人耶。」

「啊？這是怎樣？你們明明沒交往啊。」

「被表白肯定就完了啦。」

「我不懂。」

「畢竟我和玲奈說好要幫她加油……如果我反而被表白，那就太白目了。」

朋繪的語調明顯變得低落。

「說真的，怎麼辦……」

臉甚至有些蒼白。看來這種狀況對她來說是危機，至少她自己由衷這麼認為。

「妳曾經拋媚眼勾引他嗎？」

「怎麼可能啦！」

「大叫會被發現。」

朋繪驚覺不對，慢半拍以雙手摀嘴。

「總……總之，就是這麼回事。懂了嗎？」

咲太知道她在說什麼，卻還是無法理解她的價值觀。

「一丁都不懂吶。」

「哎喲～～你很難溝通耶！」

朋繪任憑情緒驅使想要起身，不過這裡是講桌下方，當然得注意頭上。

「啊，等等……」

咲太連忙出聲，但是來不及了。朋繪的頭「咚」一聲狠狠撞上桌子，力道太大導致講桌其中兩個桌腳上浮，朝黑板另一側倒下。

察覺的朋繪伸出手，但為時已晚。她的手撲了個空，講桌發出「砰」的巨大聲響倒下。

朋繪則是絆到躺在地上的咲太，失去平衡。

「呀啊！」

朋繪尖叫倒下，咲太反射性抱住她。超輕的。看來她果然完全不用在意體重。

「妳啊……」

稍微冷靜一點啦。咲太原本想這樣教訓卻沒能說完。他說到一半，一個人影映入眼簾。

咲太和站在門口的男學生四目相對。是剛才也看到的三年級學生，籃球社的前澤學長。

前澤學長表情看來五味雜陳，透露些許困惑。這也在所難免，他肯定看見咲太與朋繪在空教室地上抱在一起。

「妳說的『要事』是這種事？挑男人的品味真差。」

看來這位學長有著天大的誤解，而且還講得很沒禮貌。

「不，不是這樣……」

咲太想告知事實，但他的聲音被教室後門開啟的聲音蓋過。

咲太的心臟跳得好快。

這是伴隨焦慮的潛意識反應。本能響起「不妙」的警笛聲。

咲太不用確認就知道是誰來了。一清二楚。

他戰戰兢兢地看向後門。

正如預料，麻衣站在那裡。

麻衣提著紙袋，裡面是她為咲太親手做的便當，咲太連菜色都知道。炸雞塊、煎蛋捲、羊栖菜燉豆，馬鈴薯沙拉以小番茄點綴……

明明掌握這一切，今天卻無福享用了。咲太和麻衣視線相對時如此確信。

麻衣在門口沒動半步，以冰冷眼神注視咲太。看著就這樣和朋繪相擁的咲太……表情看起來由衷不是滋味……

「這是誤會。」

咲太刻意冷靜地告知事實。人類的本質正是在身處絕境時會受到考驗。咲太只能不慌不忙地老實說明自己的清白。

「……」

咲太筆直注視麻衣，訴說自己是無辜的。

「……」

然而，麻衣默默轉身背對咲太。

「啊～～等一下，麻衣小姐！」

咲太連忙推開朋繪起身。朋繪滾到地上，腦袋撞到桌子大喊：「嗚哇，好痛！」但咲太現在不予理會。

「請讓我說明狀況！」

「別跟我說話，會傳染戀童癖。」

麻衣只說完這段話就離開。

「唔哇～～她氣壞了。」

實在不是可以一起吃便當的氣氛。想向她表白，得到她「嗯，可以喔」的回應應該更難。

「唉……」

咲太理所當然地嘆氣。

看向前門確認，前澤學長的身影也消失了。

朋繪依然躺在地上，總之咲太先伸手拉她起來。

「謝……謝謝。」

咲太將手放在她頭上，摸亂她的頭髮洩恨。

「哇！喂！」

朋繪慌張地逃離咲太。她匆匆以雙手整理好亂掉的頭髮，接著以忿恨的眼神瞪向咲太。

「我每天都是六點起床弄頭髮耶！」

時尚女高中生似乎很早起。

咲太無視朋繪。

「呼……」

首先做個深呼吸。

慌張也沒用，對已經發生的事感到懊悔也沒意義。

只要將現狀照單全收，肯定自然找得到解決之道。

「哎，算了。反正今天也會在明天重來吧。」

朋繪應該是拉普拉斯的惡魔無誤，但她堪稱依然完全沒掌握事態，當然也找不到任何解決的方法。所以麻衣這邊就等明天……應該說第四次的六月二十七日再妥善處理就好，避免不小心和朋繪抱在一起就好。

這是美妙無比的解決方法。

不過，咲太將在隔天早上深深後悔自己在這時候做出這個判斷……

第二章

明天的事明天再說？

1

隔天早上，咲太愕然佇立在客廳。

這是在早餐吐司烤好前的短短時間，咲太打開電視數秒後的事。

原本以為肯定在報導日本足球隊的比賽結果，畫面上卻是在民宅庭院發現一千萬圓現鈔的愉快話題。

『各位早。今天是六月二十八日，星期六。首先為各位報導一則驚人的新聞。』

完全成為晨間招牌的四十歲出頭男主播開始播報新聞。咲太不討厭他穩重不失爽朗的語調，情報也平順地傳入耳中。

正因如此，主播說得過於理所當然的這段話，咲太需要數秒才能理解。

「……他剛才說了六月二十八日？」

「說了。」

身穿熊貓造型睡衣的楓不知何時站在旁邊，詫異地看著咲太。

「他說了星期六？」

「說了。」

「……」

「所以怎麼了嗎？」

「楓，捏我臉頰一下。」

「好，知道了。」

楓伸手用力一捏。

「好痛。」

「對……對不起。」

「不，沒關係。」

其實關係可大了。如果這不是夢，那就是現實。臉頰會痛，所以應該是現實。

也就是說，事到如今不需要重新思考，六月二十八日真的來臨了，而且不是普通的六月二十八日。原本麻衣應該答應交往，兩人以情侶身分迎接這天的到來，然而現在不但沒交往，還讓麻衣有了奇怪的誤解。六月二十八日在這種最壞的狀況下來臨。

「這玩笑不好笑……」

感覺簡直是從天堂被推落地獄。

咲太蹣跚走向電話，拿起話筒。

「哥哥？」

咲太心不在焉地說「我沒事」回應擔心的楓，撥打朋友的手機號碼。

鈴響第三聲的時候接通了。

「我是梓川。」

『星期六一大早有什麼事？』

理央的聲音聽起來精神很好，看來早就起床了。

「幫我製造時光機。」

咲太率直地說明用意。

『……』

接著，電話無聲無息地被切斷了。

是訊號不好嗎？所以說手機不可靠。

咲太立刻重撥。

「……」

不過，鈴聲響再久都沒人接聽。

看來剛才是刻意掛斷的。

咲太不死心繼續等，鈴響第十聲的時候又接通了。

『你要是說蠢話，我就掛斷。』

「我非常正經。」

『但我正在換衣服。』

「妳現在具體來說是什麼狀態，麻煩告訴我。」

『只差襪子還沒穿。』

「妳穿衣服的順序真怪耶。」

『很正常吧？』

「我先穿襪子耶。」

『你這樣很怪。』

「很正常吧？」

『所以，你特地打電話做什麼？』

「記得昨天找妳商量的事吧？同一天不斷重複的那件事。」

『恭喜。你脫離昨天了？』

「情非得已就是了。」

『所以找到拉普拉斯的惡魔了？』

「這個惡魔……大概是峰原高中的一年級學生。」

雖然非常遺憾，但現在只能接受現實積極面對。總之必須好好思考為何能成功脫離昨天。要是同一天再度重複就吃不消了。

輪迴的第一次、第二次，以及沒有輪迴的第三次，有三個明顯的差異點。

第一點不用說，就是咲太與麻衣的交往回歸為白紙。造成不必要的誤會，惹她很不高興……

第二點也和戀愛有關，古賀朋繪沒受到前澤學長本來應該有的表白。

第三點是日本足球隊的比賽結果。前兩次贏了，第三次卻輸了。咲太不想認定原因在於自己看了比賽實況，卻莫名感受到責任。

若要從上述條件找出拉普拉斯的惡魔，導出的結論只有一個。

惡魔的真實身分是古賀朋繪。

咲太將這件事告訴理央。

「為什麼這樣認為？」

她隨即回以這個問題。

「依照常理，犯人肯定是獲益最多的人。」

而且只有她和咲太一樣，反覆經歷六月二十七日。

「有道理。」

咲太與日本隊都吃了大虧，朋繪卻得到好處。朋繪昨天說過，被前澤學長表白會很為難。被朋友崇拜的學長表白，是一種很白目的行為……

既然沒表白，那麼朋繪煩惱的問題就算是消失，所以才會順利通過二十七日，迎接二十八日的到來吧。

感覺這樣解釋很合理，咲太找不到其他可能的理由。

但他在意的是，這樣似乎完全沒有解決問題的根源。

前澤學長只是誤會了，等到他得知事實，應該會再度向朋繪表白。如果這是時光輪迴的引爆點，就會再度迎接同一天的來臨。

前澤學長肯定很快就會察覺咲太與朋繪不是這種關係。畢竟咲太一個月前在全校學生面前向麻衣表白，從平常咲太和朋繪的樣子來看，就知道兩人沒有交集。

若是咲太解開麻衣的誤會，並且真的開始交往，前澤學長也同樣會明白咲太和朋繪沒有任何關係吧。

想到這裡，咲太的思緒停止了。

「……」

他察覺自己陷入極度棘手的狀況。

『梓川，你知道這種狀態要怎麼形容嗎？』

「束手無策……吧？」

『那麼，你加油吧。我要穿襪子了。』
電話掛斷了。
「我連襪子都不如嗎……」

2

咲太和楓吃完早餐之後，隨便整理好服裝儀容。他換上峰原高中的制服。每個月大約有一半的星期六要上特別課程，這是所有人默認的共識。「特別課程」實際上是中午之前就結束的正規課程，內容是完成當週沒消化完的科目進度。
國家制定寬鬆的教育方針，但是光靠這樣的教育不足以應付現實社會，夾在中間兩難的教育機構不時會發生這種神奇的事情。
「那麼，楓，我出門了。」
「好的，路上小心。」
在楓揮手目送之下，咲太打個豪邁的呵欠上學。
世間只能以平穩來形容，任何人都沒討論六月二十八日來臨的事。和平常的不同之處，頂多就是看不到通勤的上班族，因此車站周邊行人減少，不再擁擠。

從藤澤站搭乘的江之電車內也一樣，還是沒人聊「終於是二十八日了」或「我比較喜歡第一次的二十七日」或「二十九日應該會正常來吧」之類的話題。

而且，二年一班的教室裡也一樣。

從窗邊座位看向班上同學，大家的反應沒有奇怪之處。

一直觀察也沒用，所以咲太將目光移向七里濱的大海。

反射陽光閃閃發亮的水面，天空描繪由藍到白的美麗漸層，海空之間拉出筆直的水平線。

令人舒暢的景色。

「喂。」

總之，等等向麻衣道歉吧。雖然應該不會輕易得到原諒，但只有這個方法能打破僵局。

「喂，有在聽嗎？」

看來這個聲音是在叫咲太。

咲太將臉轉回正前方，桌子前面站著一個女學生。

雙手抱胸俯視咲太的，是同班同學上里沙希。看起來個性強勢的眼角；恰到好處的妝；制服衣領的釦子解開。她是班上最搶眼的存在，最亮麗女生小團體的核心人物，也是佑真的女友。

「把我當空氣太過分了吧？」

「怎麼可能，我只是沒想到上里同學又來找我說話。」

「這是怎樣？好噁。」

佑真究竟覺得她哪裡好？他對異性的品味是咲太唯一難以理解的部分。

「放學來樓頂，我有話要說。」

沙希單方面告知之後回到自己的座位，所屬小團體的四個女生聚集到她周圍。

「梓川他做了什麼？」

「沙希好可憐……」

她們進行神祕的互動。

咲太明明沒做任何事卻被當成加害者。真希望也有人關心他一下。

「是有關佑真的事。不用擔心。」

「這樣啊。啊，我昨天發現這個。」

她們立刻換了話題，開心聊著最近發現的有趣手機ＡＰＰ。

「這個真好笑！」

「不錯嘛，大家一起玩吧。」

「玩吧玩吧！」

教室中央響起歡笑聲。

別的女生小團體遠遠旁觀這一幕，一臉非常困擾的樣子，卻沒有出言抱怨。一旦可能和沙希她們視線相對，就轉頭專心聊自己的話題。

看來，女生社會比男生社會複雜一些。

咲太思考這種事的時候，不經意察覺一件事。

沙希周圍的女生們和幾天前不太一樣。為了去除這份突兀感，咲太以俯瞰的角度眺望教室。後方座位有一個女學生孤單坐著，沒和任何人說話，記得是直到幾天前都和沙希在一起的女生。

大概是發生什麼摩擦吧。校內不時看得見這種光景。

咲太平常不會太在意，但是在這個時候不知為何很在意。

「……」

或許是因為那個女生散發的氣息隱約和朋繪相似。

討厭的第一堂英文課結束之後，咲太來到麻衣所在的三年一班教室。但麻衣不在座位上，桌子也沒放書包。

咲太乖乖上完第四堂課，放學時也順道去三年一班教室看看，果然到處都沒看到麻衣的身影。咲太姑且詢問座位附近的學妹。

「她今天沒上學喔。」

學姊稍微忍笑告訴他。看來在全校學生面前表白的那件事依然影響至今。

「謝謝。」

咲太好好道謝之後，離開三年級的樓層。在鞋櫃換鞋時，他覺得好像忘記了某件事。

「啊啊，是那件事。」

今天早上，上里沙希叫他放學後到樓頂。

「真慢。」

咲太一抵達樓頂，沙希就向他宣洩不耐煩的情緒。

「所以，要說什麼？」

咲太不以為意，催她趕快說明。等等要打工，咲太沒辦法悠哉等待，也想早點解決麻煩事。

「我上次說過吧？不要接近佑真。」

「我記得妳上次是說『不要和佑真講話』。」

「還不是一樣？」

「也對，那就一樣吧，我沒忘記。大概一輩子都不會忘。」

那段發言就是如此震撼，遭受那麼直接的敵意是一次新奇的體驗。沙希大概是這方面吸引佑真吧。沒帶跟班就叫咲太到樓頂，也可以解釋為她非常自立。

「這麼說來，那個女生怎麼了？」

「啊？」

「妳的小團體將一個女生除名了吧？」

「這和你無關吧？」

沙希的語氣變得粗魯了些。

明顯看得出她不耐煩，矛頭指向咲太以外的某人。大概是脫離小團體的那個女生。

「因為男人被搶？」

「沒錯。」

咲太這麼說是開玩笑，事情卻沒能以玩笑話作結。但沙希的男友是佑真，咲太不認為佑真會輕易移情別戀。

「不是我。」

看來是小團體裡的其他女生。

「她偷跑了，和那個男生一起出去玩。」

咲太不清楚詳情，但是光靠這段話就隱約可以想像狀況。

「不提這個，那個物理實驗室的女生是怎樣？」

「啊？」

「她和佑真是什麼關係？他們經常聊天。」

不用說，應該是指理央吧。咲太希望這件事能輕輕放下，卻被棘手的女生盯上。這下子該怎麼回答？

「去問國見吧。」

「她和你的交情也很好吧？」

「但我不知道對方怎麼認為。」

「總之回答我啦！」

「什麼嘛，瞧妳滿肚子氣……」

咲太差點接著說出「那個來了？」這句話，連忙吞回肚子裡。

「上里，妳便秘？」

他改說另一句話。

「呃！」

「原來妳滿肚子是那種東西啊？」

「去死！立刻給我去死！」

沙希滿臉通紅地離開樓頂。門用力關上。

「要攝取食物纖維喔。」

很遺憾，她應該聽不到咲太這句建議。

咲太這次真的在鞋櫃換好鞋子，離開學校。

走出校門前往車站，搭乘開往藤澤站的進站電車，進行約十五分鐘的單線電車之旅。

在終點站藤澤站下車之後，到驗票閘口外面的店家買咖哩麵包，一邊吃一邊去打工地點。

「早安。」

咲太打招呼進入打工的連鎖餐廳，店長剛好站在收銀檯前面。

「早安，今天也拜託了。」

「是。」

咲太忍著差點打出來的呵欠往裡面走，到休息區露面。設置在這裡的置物櫃後方就是男更衣室，女生卻有像樣的更衣室……這個世界並不公平。

「嗨，早啊。」

從置物櫃後方現身打招呼的是國見佑真。

「嗨。」

咲太繼佑真之後換衣服。

「國見。」

咲太脫掉上衣，將頭與雙手套進服務生的制服。

「嗯？」

「因為很麻煩，所以我先說。你女友今天也找上我。」

「那真是苦了你啊。」

佑真置身事外般笑了。

「要選我還是選她，你做個決定吧。」

「這個算不上終極的終極選擇是怎樣？知道了，我今晚打電話給她。」

「拜託啊，真的。」

咲太脫下學校制服，套上服務生的褲子。

「啊，對了，國見。」

「還有問題要問？」

「籃球社有一位叫做前澤的學長吧？」

「嗯？噢，陽介學長。」

看來全名是前澤陽介。

「他這個人怎麼樣？」

「什麼怎麼樣，總之，是我們學校球技最好的人。」

咲太一邊繫上圍裙一邊來到休息區。

「所以他很受女生歡迎。」

「這就對了，多提供一些讓我討厭他的情報。」

「這是怎樣？莫名其妙。」

佑真說完笑了。

「你和他有過節？」

「很難說明，但如果他是好人，我會良心不安。」

雖然是意外，但他誤會咲太與朋繪的關係，而且原本要表白也沒能付諸實行。

咲太覺得只要扔著不管，他遲早會察覺這是誤會，但終究有點罪惡感，即使對方當時扔下那麼失禮的話語也一樣。

「總之，我不太想說別人的壞話，不過……」

佑真說到這裡吞吞吐吐，大概是真的不想中傷別人吧。

「原來如此，他有變態嗜好？」

「這我不知道，不過昨天社團活動結束之後，他說現在的女友完全不讓他上，所以準備分手了……而且還經常數落之前分手的女友。我不想變成像他那樣。」

既然佑真都講成這樣了，這位學長在那方面似乎真的無藥可救。或許異性緣會讓人變壞吧。

「所以，他有女友嗎？」
「有喔，別校的三年級女生，相當可愛。」
「和上里比呢？」
「當然是上里贏。」
男友願意這麼說，做女友的應該很幸福吧。咲太腦海瞬間掠過理央的臉，內心有點愧疚。
「謝謝你的寶貴情報。」
多虧佑真的情報，咲太應該可以討厭前澤學長了。明明有交往對象卻向朋繪表白，咲太無法理解這個人的想法。
聊到這裡，打工時間到了，所以咲太與佑真接連打卡，然後前往外場。
「啊，國見、梓川，過來一下。」
途中，店長叫住他們。
「是。」
咲太回應之後轉身一看，店長旁邊站著一個嬌小的女生。表情看起來隱約在緊張，穿上女服務生制服的樣子也很生澀。
「這位是今天加入的古賀，外場工作麻煩你們教她喔。」
咲太對店長介紹的這個人有印象。

朋繪看到咲太也嚇了一跳。

「咦，妳和我們同校吧？」

不曉得兩人關係的佑真向朋繪搭話。

「啊，對喔，國見與梓川也念峰原高中。那她真的是你們的後輩了，多多照顧吧。」

店長一副完成任務的樣子，快步走進經理室。不久，室內傳出以電話談公事的聲音。

「我……我是古賀朋繪，請多指教。」

「我是國見佑真，他是梓川咲太，都是二年級……慢著，記得妳認識咲太？」

佑真轉動雙眼朝朋繪一瞥。

「對了，聽說你們之前是互踢屁股的交情？」

朋繪立刻以雙手護住屁股。

「為什麼要告訴別人啊？」

朋繪一副為難的樣子抗議，眼中帶點淚水。

「那麼有趣的事，藏在心裡太可惜了吧？」

「難以置信！」

朋繪害羞地瞪向咲太。

「看來妳和我合不來。國見，交給你了。」

「啊，喂，咲太？」

咲太無視制止的聲音，先行前往外場。

將朋繪的教育工作塞給佑真的咲太勤於做外場工作做為補償。

為顧客帶位、點餐；料理一完成就送上餐桌；看到顧客要離開就站到收銀檯；空閒時間補充飲料吧的玻璃杯與咖啡杯。

店內到了晚餐時間就客滿，還得請晚來的顧客等候。

在忙碌程度達到巔峰時，咲太看見第一天打工的朋繪拚命忙東忙西的身影。

朋繪負責兩項工作。第一是收拾餐具，第二是將無人的座位重新打理好。

她伸展嬌小的身體擦拭大餐桌的樣子實在令人會心一笑。只是她無論如何都會在某方面稍顯笨拙，將餐具疊起來搖搖晃晃搬運的背影令人捏把冷汗。實際上，盤子從她手上掉落，一旁的佑真漂亮接住的光景，咲太就目擊過兩次。如果是咲太負責教育工作，盤子應該不會平安得救吧。

忙著忙著，晚餐的尖峰時間結束，光顧的客人減少，店內也出現零星的空位。天空完全變暗，時鐘顯示時間是晚上八點出頭。

咲太前往後場點單時，看到佑真正在廚房吧檯前面教朋繪保養刀叉。兩人邊聊邊工作。

「古賀學妹為什麼開始打工？」

「想買手機、衣服以及各種東西……國見學長呢？」

「和妳差不多。」

兩人即使聊天，雙手也繼續在動。刀叉前端泡在熱水加溫，再以軟布擦拭，就可以擦得亮晶晶。朋繪看到餐具回復成像是新的一樣，率直地感到驚訝。

咲太遠遠看著這一幕時，通知新顧客上門的鈴聲響起。他再度回到外場，快步前去迎接。

等候帶位的是三個年輕女生。

「啊！」

她們一看見咲太就齊聲驚呼。

制服很眼熟。這也是當然的，因為是咲太就讀的峰原高中的夏季制服。衣領加上簡單巧思的這三個女生是朋繪班上的朋友，咲太看過她們走在一起。

站在最前面的，是眼神看起來有點強勢的長髮女生，接著是戴著大鏡框眼鏡的嬌小女生，那似乎是無度數眼鏡。

「所以，朋繪在這裡打工啊……」

這個戴眼鏡的女生朝站在最後面的高個子短髮女生說話。

「好像是。」

不過，回應的是最前面的女生。

「請問三位嗎？」

「是的。」

最前面的女生代表三人以清晰的聲音回應。光是這段簡短的交談，咲太就知道這個女生是「玲奈」，站姿很像咲太班上的女生……也就是佑真的女友上里沙希。自覺是「班上最可愛的女生」而特有的自信活力，從她的表情就看得出來。

率先改短裙子，解開制服衣領，領帶改成時尚的綁法。周圍的女生紛紛學她。

「可愛」是正義；「不正」與「俗氣」是邪惡。她秉持教室裡的這個法則坐上女王寶座。

「坐這裡可以嗎？」

咲太帶三人來到四人座的方桌。

「好。」

回應的又是玲奈。咲太看著就坐的玲奈側臉，想起朋繪逃避前澤學長表白的理由。

看玲奈這股充滿自信的氣息，事情或許會如朋繪所說的進展下去。實際上，任何教室都會發生有人被趕出小團體的狀況，今天咲太也親眼看見班上發生這樣的事。

他開始覺得朋繪不是多心了。

另外兩人隨後坐在玲奈的正對面。感覺她們入座毫不猶豫，如同平常總是如此。她們加上朋繪共四人一起行動時，大概都是這樣坐吧。朋繪應該是坐在玲奈的旁邊。

「決定點餐之後請按鈴通知。」

「啊，等一下。」

「決定點餐了嗎？」

咲太打開點餐用的終端機。

「朋繪的事，你是認真的嗎？」

「不好意思，本店沒有『朋繪的事，你是認真的嗎』這道餐點。」

「我很認真在請教這個問題。」

完全感受不到敬意的敷衍敬語，卻神奇地沒有令人厭惡的感覺。三人的視線反而傳來莫名的期待與好奇。

「你剛甩掉櫻島學姊就這樣，所以我不相信你的為人。」

「這是在講什麼？」

咲太搞不清楚狀況，所以詢問玲奈。

「朋繪確實很可愛，但她哪裡好？」

此時，戴眼鏡的女生反而問這個莫名其妙的問題。

「各位大概有所誤會喔。」

「不用隱瞞了，大家都知道喔～～」

又是戴眼鏡的女生回答。她咧嘴笑嘻嘻的。

「啊，發現朋繪了。」

看著店內的高個子女生插嘴。朋繪剛好從後場出來。她大概是感受到視線，和一同看過去的咲太等人目光相對。

朋繪瞬間抖了一下，接著靜不下心般轉頭張望，一度作勢要縮回後場，但還是換個想法快步跑過來。

「妳……妳們真的來了？」

「不是說過絕對會來嗎？」

「制服好可愛！」

「嗯，很可愛。」

短短數秒，周圍就被女高中生的氣氛支配了。既然展開狂誇可愛的大戰，咲太就不該待在這裡。這是年輕亮麗，眼中只有所屬小圈子的任性感。咲太好想盡快離開。

「學長，如果你對朋繪只是玩玩，我們不會放過你喔。」

拉住朋繪的玲奈目不轉睛地注視咲太。她大概自認是在嚇唬對方，不過老實說缺乏魄力。對於每天暴露在麻衣強勢態度下的咲太來說，這和微風沒什麼兩樣。

「玲……玲奈，好了啦。」

朋繪一副為難的樣子，露出五味雜陳的表情，不時斜眼向咲太使眼色。

依照剛剛的對話，咲太大致明白發生了什麼事。看來玲奈她們和前澤學長有相同的誤會，而且朋繪非但沒釐清這個誤會，甚至不想釐清。

「這種事最重要的就是一開始吧？得搶到主導權才行。」

「唔，嗯。」

朋繪悄悄瞥向咲太求救。此時剛好有客人上門。

「古賀小姐，幫客人帶位。」

咲太下達指示。

「決定點餐之後請按鈴通知。」

咲太向玲奈她們說完制式話語之後，前往別桌為客人點餐。

朋繪說聲「抱歉」向玲奈她們合掌致意，快步去為站在門口的客人帶位。

咲太為四人家族點餐的時候，一直感覺到玲奈等人的座位投出的視線。咲太像是要躲開視線般進入後場，朋繪不久後也來了。

「那個，我有話要對學長說……」

「妳也是九點下班吧？」

「咦？」

「打工完再說吧。」

「可是，那個，我想說明各方面的事……」

朋繪雙手上下擺動，講話變得語無倫次。

「聽妳說明之前，我不會去解釋妳朋友的誤會。」

「知……知道了。」

朋繪被佑真叫回去工作。咲太看著她的背影，感覺事情在他不知不覺間朝複雜的方向進展。

3

咲太下班時是晚間九點二十分左右。今天客人一直上門，沒辦法準時在預定的九點下班。

朋繪也一樣，第一天就遇到這麼忙碌的日子，似乎很辛苦。

換好衣服離開餐廳的咲太，拿停在後方停車場的腳踏車當椅子跨坐。前幾天下大雨的時候，他將腳踏車留在這裡走回家，託福今天可以輕鬆回家。

等一分鐘沒來就回家吧。咲太在內心如此決定，但是不到十秒，朋繪就一邊看手機一邊走出餐廳。

她發現咲太之後，緊握著手機跑過來。

「學長，其實我……」

她一臉嚴肅地開口。

「我拒絕。」

「我還沒說有事相求。」

朋繪面露不滿。

「我拒絕。」

「至少聽我說啦～～」

「我拒絕聽。」

「為什麼～～？」

「大概是我和妳被誤以為在交往，妳希望維持這個誤會對吧？」

咲太嘆氣這麼說。如果是因為思春期症候群的事情而頭痛，咲太就願意協助，但如果是現在說的這件事就另當別論。

「學長，你會讀心吶？」

朋繪一副驚訝的樣子，將雙手交疊在胸前。她自己有察覺說了方言嗎？大概沒察覺。

「妳昨天不是說了嗎？色誘朋友崇拜的人橫刀奪愛太離譜了。」

「我沒說得這麼誇張。」

「記得妳說要是被朋友崇拜的人表白，那就太白目了？」

「對……」

「我基於這一點依然要拒絕。」

「哎喲，為什麼啊～」

「話說，妳應該更在意其他事情吧？」

例如六月二十七日不再重複，二十八日來臨的原因，或是二十七日不斷反覆的原因……不一定是咲太之前推測的那樣。

「在意什麼事？」

「思春期症候群的事。」

「現在已經是今天了，所以不重要了吧？」

朋繪如此斷言。

「現在沒空管那個啦！我陷入危機了啦！」

看來對朋繪來說，維持友誼是最重要的事，也是最優先要處理的事。相較之下，思春期症候群一點都不重要……

看樣子，對她說明這件事只是浪費時間。

逼不得已，咲太將話題移回朋繪的請求。

「無論是什麼理由，說謊都不好吧？」

「嗚……」

咲太以中肯論點正面決勝負，朋繪明顯感到畏縮。

「也顧慮一下前澤學長的心情吧。」

依照佑真提供的情報，老實說，不知道這個學長對朋繪多認真……畢竟他還沒和現在的女友分手，該不會覺得朋繪很容易騙上床吧？朋繪乍看像是不太會拒絕別人。

「講得真中肯……」

咲太這番話令朋繪垂頭喪氣。

「哎，最重要的是我嫌麻煩。」

「這聽起來莫名令人火大！」

「況且，這個誤會要維持多久？直到三年級畢業？不可能吧？絕對會穿幫。到時候會變得更棘手喔。」

「這部分我好好計劃過喔。」

「啊？」

這個意外的回應使得咲太發出脫線的聲音。

「啊，你不相信吧？」

「與其說不相信，應該說我不在乎。」

「真是令人火大！」

「這樣啊，對不起。妳大概不想看見我吧，我走。」

咲太說完用力踩踏板。說來遺憾，起步的腳踏車很快就停住了。

轉頭一看，朋繪抓住坐墊後方踩穩腳步。

「只要第一學期維持這個誤會就好，拜託！」

「不，我對妳的戰略沒興趣。」

「之後就是暑假，就當作沒上學的這段期間感情變淡就好了吧？第二學期就能恢復正常。」

「這是預謀犯罪呢。原來妳心機意外地重？」

「我很拚命啦！」

「這我看了就知道。」

拚命到能以臂力阻止咲太騎腳踏車回家。

不過，這個計畫有很多漏洞吧？首先是咲太。

「雖然我自己這麼說不太對，但我在校內的評價爛到谷底，謊稱和我交往沒問題嗎？」

「學長最近在一年級之間的傳聞已經繞了一圈，所以我覺得沒問題。」

「這是怎樣？」

在哪裡繞了一圈？願聞其詳。不對，不願意。

「居然在操場中央呼喊愛，以常理來說太離譜了。」

「我只是被當成笑柄吧？」

話是這麼說，不過現在回想起來，玲奈她們的態度意外地正常。明明咲太在二年級教室依然沒人向他搭話，玲奈她們卻主動搭話。

咲太原本就因為「國中時代送同學進醫院」的傳聞，在校內的立場很微妙。這是大約一年前的事。但朋繪她們一年級生沒有實際體驗當時的氣氛，或許這個話題對她們來說沒那麼嚴重，頂多當成「學長姊們如是說」的程度。

加上第一學期即將結束，一年級也建立起獨自的文化，學年之間似乎出現鴻溝。

「我有點嚮往那樣耶。」

「但我絕對不會對妳那麼做。」

「學長這麼做會令我很困擾，所以不用啦～～」

無論如何，咲太實在搞不懂女高中生的想法。

「啊，對了，說『正在交往』太突然了，設定成前一個階段比較好。」

「妳怎麼擅自講下去了？」

「『學長以上，戀人未滿』這樣？」

「這種微妙的界線比假裝交往還要難拿捏吧？妳沒問題嗎？」

「什麼事沒問題？」

「假扮情侶之類的。」

咲太目不轉睛地觀察朋繪。熟悉的峰原高中夏季制服，白色襯衫、短裙、深藍色襪子加上樂福鞋。麻雀雖小五臟俱全，整體平衡抓得很好。

「哎，妳好歹也和男生交往過吧。」

這個時代的女高中生肯定有經驗。

「唔，嗯。不過時間不長……」

朋繪移開視線，出言肯定。

「是喔……」

「怎……怎麼了？」

「想說妳真成熟。」

「感覺好差。學長，知道嗎？要確實表現得好像喜歡我哦。」

咲太明明不記得自己有答應，朋繪卻已經以假扮情侶為前提講下去了。

「妳啊，知道自己正要做什麼嗎？」

確實，欺騙的對象或許只限於前澤學長一個人就好。但是為了避免謊言穿幫，必須連同周圍的人一起欺瞞。事實上，朋繪已經對三個朋友說謊，而且範圍會逐漸擴大吧。

「誰與誰交往」這樣的情報扔著不管也會擅自擴散，即使是假的也一樣。

如果和校內惡名昭彰的咲太有關，這種話題更容易傳開。

換句話說，為了讓前澤學長這個人相信這個謊，咲太與朋繪必須瞞騙全校。

「妳要對全校約一千個學生說謊耶。」

謊言規模絕對不算小。

「這種事，我當然知道喔。」

朋繪即使聽完咲太說明，依然沒有驚訝或困惑。

「真的假的？」

「真的喔。」

該說她大膽還是純真扭曲導致如此率直？咲太難以判斷。

「總之，拜託了！」

朋繪「啪」地合掌央求。

「我說啊……我幫妳有什麼好處？」

如果是壞處，咲太就想得到很多，主要和麻衣有關。兩人交往的可能性愈來愈低。依照原本的歷史，咲太與麻衣早就已經成為一對，現在肯定正在卿卿我我甜甜蜜蜜……

「如果學長肯幫忙，我什麼都願意做，只限一件！」

「不，我完全不需要妳做任何事。」

咲太立刻回答。

「我……我什麼都願意做耶。」

朋繪沒什麼自信地揚起視線，這個表情挺得咲太的心。

「年輕女生不准隨便對男生說自己什麼都願意做。」

咲太有點興奮。

「因……因為這樣下去，我在班上就沒有容身之處了……」

朋繪嚴肅地注視自己的手指，一副沮喪的樣子。

「下課時間一個人過，便當也一個人吃，上廁所也一個人去。我不要這樣。」

「廁所應該一個人去上吧？」

又不可能共用同一間……還是說女生都這樣，只是咲太不知道？女生真厲害。

「學長好像已經發現了，所以我就坦白說吧，我在國中之前住在福岡，這裡的朋友都是高中認識的……玲奈、日南子，以及亞矢。」

「今天那三個人？」

「嗯。」

朋繪看著下方點頭。

「一個人其實也樂得輕鬆喔，沒必要配合旁人。真的變成一個人之後，會覺得沒有想像中那麼孤單。」

不過以咲太的狀況，也是多虧身邊有佑真與理央，最近還多了麻衣。

「我並不是討厭孤單……」

「啊？不然是為什麼？」

「只有一個人……很丟臉。」

朋繪輕聲說出這句話。

某種東西輕易地溶入咲太心中。

「我不希望大家認為『那個傢伙總是獨來獨往』。」

「這樣啊……」

咲太莫名可以認同，踩在踏板上的腳也自然放到地面。

害怕的不是孤單本身，而是不想被大家看到自己遭到眾人排擠，不願意被大家指指點點，更不要被瞧不起或嘲笑。

比起孤單，這種恥辱更深深傷害未成熟的心。令人覺得難為情，逐漸變得低聲下氣的這種情感……會奪走這個人的自信，慢慢封閉內心。

「……」

朋繪默默低著頭，咲太輕輕將手放在她頭上。

「學長？」

她不安地揚起視線看向咲太。

之前，楓遭到霸凌的時候說過相同的話。

——去學校……很丟臉。

不希望大家看到遭受霸凌的自己。這份心情過於強烈，導致楓走不出家門，變得害怕他人的視線。

在咲太眼中，現在的朋繪和當時的楓重疊在一起。

被排擠的契機只是小事，沒人知道原因在哪裡。這種氣氛一個不小心就會形成，並且瞬間感染四周，到時候就來不及挽救了，這種症狀難以治療。

女生的小團體文化尤其和男生明顯不同。無論表面如何，就旁人來看也知道小團體之間的交情好不到哪裡去。即使和現在的小團體處得不愉快，也很難跳槽到別的小團體。

「妳待的是主要的小團體吧？」

「咦？」

「班上最可愛女生組成的小團體。」
「這我不方便同意。」
朋繪即使嘀嘀，依然在言談之間透露肯定之意。
被主要小團體的領導者討厭確實會很麻煩，沒人會違抗班上權力最高的她，也沒能違抗。要是惹她不高興，只能等著被流放到孤獨之島，所以得無條件贊同，她說可愛就是可愛，說討厭就是討厭。
而且以這次的狀況，處於這個地位的是香芝玲奈，而朋繪偏偏被玲奈所崇拜的前澤學長喜歡上了。
現在就能理解朋繪為何正經地苦惱。
咲太嘆出長長的一口氣。
「知道了。」
他清楚說出這三個字。
「咦？」
「我說，我答應幫妳對全校約一千名學生說謊。」
「真的？」
「不過，我有條件。」

「身……身體？」

朋繪抱住自己的身體提高警覺。

「沒禮貌，誰會對妳的乾癟身材發情？」

「你才沒禮貌！絕對是你！」

「總之聽我說。」

「唔，嗯。」

朋繪一臉緊張地點頭，喉頭發出吞嚥聲。

咲太嘆了口氣。

「世界盃分組賽的第三場，給我拚命為日本隊加油。」

接著，他以正經八百的表情這麼說。

「啊？」

朋繪發出呆愣的聲音。

「如果日本隊輸球，我立刻把這件事當成沒發生過。」

「莫名其妙！什麼意思？」

朋繪拚命要求說明，但咲太沒理會。

「記住，絕對要加油喔。」

咲太叮嚀完，再度將腳放在踏板上。

「啊，等一下！」

「我說完了。」

「我會好好幫足球隊加油！我還有一個請求……」

咲太轉頭一看，朋繪不知為何忸忸怩怩。

「明……明天……」

「明天？」

「學長打工到兩點吧？」

「是啊。」

「下……下班之後，請和我約、約、約……」

「彈額頭啊？」（註：日文中「約會」與「彈額頭」第一個字相同）

「不是啦！」

朋繪遮住額頭大喊。

經過前方道路的成人情侶討論「他們在打情罵俏？」輕聲發笑，朋繪的臉因而更紅了。

「請……請和我約會。」

她這麼說了。

事情說完之後，咲太送朋繪到她家附近，然後悠閒地騎腳踏車朝自家前進。朋繪出乎意料就住在不遠處。

時值六月底。夏季即將正式來臨，在這樣的悶熱天氣破風而行，感覺還不壞。

白雲流過微暗的天空，星星露臉了。咲太也知道的夏季大三角，天琴座的織女星、天鷹座的牛郎星。牛郎與織女。至於第三顆星星，咲太思考片刻之後想起來了，是天鵝座的天津四。教他這些的是他初戀的女孩，在國三時認識的女高中生——牧之原翔子。

咲太不曉得她現在在哪裡做什麼，也不知道連絡方式，應該是再也見不到的人。

即使想回憶她的長相，如今記憶也模糊不可信，無法順利回想起來。相對的，麻衣不高興的表情驟然浮現在心中。

「好啦，這下子怎麼辦？」

剛才道別時，朋繪說的話掠過腦海。

——請……請和我約會。

咲太對這句話的回應相當冷靜。

「為什麼？」

「玲奈問我怎麼不約會，就變成這種感覺了……」

「什麼感覺？」

「週末要約會的感覺。」

「難道……妳就這樣順勢說要約會？」

「學長，你的眼神好恐怖！」

「果然得彈額頭了。」

朋繪再度迅速遮住額頭。

「不過，這種事妳就隨便說『啊～～週末玩得真痛快～～』瞞混過去就行了吧？」

「保險起見，我想拍照。」

「……妳出乎意料地謹慎呢。」

咲太並不是無法理解。既然變成「昨天約會了～～」的狀況，難免會演變成「沒有照片嗎？」「給我看給我看」這樣。在這種狀況，要是連一張照片都沒拍應該會令人覺得不自然吧。在這個時代，手機理所當然地搭載了拍照功能。真礙事……

基於這個原因，明天非得和朋繪約會才行。

話題朝著莫名的方向進展。

這件事該怎麼對麻衣說？昨天她就目擊咲太和朋繪抱在一起的場面，心情變得很差，要是又提朋繪的話題，麻衣應該會毫不客氣地朝咲太宣洩煩悶情緒吧。

肯定會宣稱這是害她不高興的處罰，當成理所當然的權利欺負咲太。絕對會仗著咲太有所虧欠無法拒絕，愉快地硬塞給他辦不到的難題，然後看著為難的他，打從心底開心地露出微笑。

這種狀況實在是……

「天啊，我超期待的。」

咲太想像之後覺得一點也不壞，就這麼笑咪咪地輕快騎車返家。

4

咲太放鬆地泡澡消除打工疲勞，只穿著一條內褲出浴一看，楓難得坐在客廳沙發上看電視。

播放的不是動物節目，似乎是貼身採訪某間動物園飼養員的紀錄片，費心照顧剛出生熊貓寶寶的每一天。

抱著貓咪那須野的楓全神貫注地看著依然一身白的熊貓寶寶搖搖晃晃學步。

咲太以餘光看著這一幕，從冰箱拿出運動飲料倒進杯子，一口氣喝光。

一股沁涼舒服地流入暖和的體內。

「啊！」

咲太再度打開冰箱準備喝第二杯時，楓叫了一聲。

「哥……哥哥，這個人！」

她指著畫面，拚命想告知某件事。

「認識的人上電視？」

「是的！」

「啊？」

咲太只是開個玩笑，和楓的對話卻成立了。摸不著頭緒的咲太從冰箱後方探頭看向電視。

「……」

螢幕上確實映著他認識的人物。

運動飲料的廣告，而且是現在咲太拿在手上，藍色標籤的那個牌子。朝著畫面說「給你喝一口嗎？嘻嘻，還是不行～～」露出惡作劇的笑容，踩著白色沙灘跑向畫面深處的女生是麻衣。

「這……這個人是哥哥上次帶回來的人吧？」

「是啊……」

千真萬確是麻衣。藝人櫻島麻衣。

不過，麻衣完全沒對咲太說她確定接拍廣告。

短短的廣告很快就播完。

門鈴剛好在這個時候響起。

「誰啊，這麼晚了……」

時鐘顯示時間已經超過十點。

抱持疑問的咲太還是拿起對講機話筒應聲：「喂？」

「是我。」

簡短的回應傳入耳中。有點不高興的這個聲音和剛才電視播的聲音一模一樣。

三分鐘後，讓突然造訪的麻衣進屋的咲太就這樣只穿一條內褲被迫在臥室跪坐著。麻衣雙腿交疊坐在正前方的床上，以不悅的眼神冰冷地俯視咲太。

「為什麼沒來解釋？」

「請恕小的報告，小的登門造訪過了，卻沒能如願晉見。」

事實上，咲太今天在學校下課時間與放學班會開完後，都造訪麻衣就讀的三年一班教室，卻沒看到麻衣。

「意思是我錯了？」

「是小的不夠努力。」

「既然明白，應該有話要對我說吧？」

「那個，麻衣小姐，妳今天是不是精心打扮過？」

咲太打開玄關大門的時候就發現，麻衣給人的感覺和平常明顯不同。妝化得很完美，髮型似乎也經過專家之手，髮梢往內捲，營造出可愛的印象，和麻衣以往的風格不太一樣。

「今天去拍時尚雜誌的照片，不是為你打扮的。」

看來這就是她沒上學的原因。

「超可愛的。」

「我知道。」

「我喜歡妳。」

「再胡鬧就踩你喔。」

麻衣抬起包覆黑絲襪的腿，真的將腳尖放在跪坐的咲太大腿上。

麻衣的體溫傳了過來。黑絲襪的光滑觸感。

這是珍貴的獎賞。

咲太不禁差點露出陶醉的笑容。

「不准開心。」

似乎表現在臉上了。麻衣放下腳。咲太這個失誤真可惜。

「對了，我看到麻衣小姐的廣告了。」

「這樣啊。」

麻衣覺得無趣般將視線移向窗外。

「可是我沒聽妳提過……」

「播放的時間已經確定，我想在首播前再告訴你，給你一個驚喜。可是某人卻和一年級學妹打得火熱。有什麼話要說嗎？」

「對不起。」

「真的有反省嗎？」

「有。」

「天曉得。」

「真的有啦！不過，雖然在這種狀況下非常難以啟齒……」

「什麼事？」

「關於那個一年級學妹，我想商量一件事。」

第一學期結束之前，非得和朋繪維持稍微不錯的關係。要瞞著麻衣進行雙面作戰太魯莽了。

反正一定會穿幫，那還不如早點說出來。

即使如此，當面看著已經不高興的麻衣，咲太頗難說出口。

「咲太。」

「是，請問有何吩咐？」

「總之，先穿上衣服吧。」

咲太依然只穿著一條內褲。

咲太穿上五分褲與T恤之後再度跪坐，一邊觀察麻衣的臉色一邊說明朋繪的事。昨天朋繪出現在空教室的原因；兩人抱在一起的原因。朋繪要是被籃球社學長前澤陽介表白，會陷入非常為難的狀況，這一點咲太當然也有好好說清楚。此外，朋繪湊巧來到咲太打工的餐廳成為新進工讀生，拜託咲太在第一學期跟她假扮成「學長以上，戀人未滿」的關係。咲太毫不隱瞞，一五一十地說出來。

不過，關於思春期症候群的事……咲太與朋繪經歷六月二十七日三次，以及麻衣曾經接受表白答應交往的事，咲太完全沒透露。

麻衣順利重返演藝圈，咲太不想害她無謂擔心，而且咲太覺得說出她曾經答應交往是一種犯規的做法。

「是喔～～女高中生真辛苦呢。」

聽完說明的麻衣說出冷淡的感想。

明明她自己也是正牌女高中生，卻好像沒有自覺。

「我知道狀況了。」

而且麻衣頗為乾脆地接受。難道她毫不責備？

「就這樣？」

「要是我開罵，你也只會開心吧？」

完全被看透了。

「以咲太的個性，不處罰好像才算是處罰。」

「請多理我一下。」

「不要。」

「咦～～」

「不准撒嬌。」

應該認定這樣也是好事嗎？不對，不被當成問題似乎不太好。

「可是，我總覺得無法釋懷。」

「哪裡無法釋懷？」

「假扮戀人這種騙人的做法，你很討厭吧？」

「不是假扮『戀人』，是假扮『學長以上，戀人未滿』。」

「還不是一樣？」

「總之，我覺得沒人喜歡這種騙人的做法吧。」
「所以我無法釋懷。你瞞著我什麼事？」
麻衣探出上半身瞪過來。
「其實我從剛才就看著麻衣小姐的美腿興奮。」
「這……這我知道。」
麻衣按住裙襬，重新交疊雙腿。
「不……不要一直盯著看啦！」
「又不會少塊肉……」
「總之快給我從實招來！」
麻衣直勾勾地盯著咲太。她是認真的。
「古賀那個傢伙……說了楓也說過的話。」
「說了什麼？」
「要是前澤學長向她表白的事情被朋友知道，就沒辦法待在朋友的小團體，失去班上的容身之處……她說她覺得這樣的自己很丟臉，不希望這樣。」
咲太如同咀嚼每字每句，緩緩說了。
——丟臉。

要是朋繪沒說出這兩個字，咲太絕對不會答應「假扮學長以上，戀人未滿」的這個要求。

「楓那個時候，甚至演變成最壞的狀況……」

當時的光景掠過腦海。

拒絕上學，窩在房間，最後受到思春期症候群的折磨，全身都是瘀青與割傷。

母親無法接受這個現實而得了心病，如今住進醫院。因此現在親子分居兩地。

一切的起因在於楓忽略某個女生的簡訊，只是這種小事。

事情從小小的裂痕演變成嚴重得嚇死人，即使是事情落幕兩年後的現在，依然影響著咲太與楓的生活。

這種不起眼的小事就能讓人生轉變到這種程度，所以……

「所以我才希望這次盡量幫忙吧。」

咲太不覺得自己的判斷是對的，或許只是為束手無策的過去贖罪，拿朋繪這件事來整理自己的心情吧。當時的芥蒂依然留在心中。

「咲太。」

「什麼事？」

「好無聊。」

「我在講正經事，卻得到這種回應？」

「既然你拿妹妹的事情來說，我就無從抱怨了。」

不，這番話十足算是抱怨了，麻衣的態度也明顯表達不滿。

「我想你應該知道……」

「什麼事？」

「你得好好負起說這個謊的責任喔。」

「我絕對不會穿幫，也會把這個祕密帶進墳墓。」

「瞞著不說也很辛苦，你明白這一點就好。」

「那個前澤學長明明有女友，卻跑來騷擾古賀，說什麼現任女友完全不讓他上，所以準備要分手……他是認真講出這種話的人，所以我心情很輕鬆。」

「男人爛透了。」

不知為何，麻衣以侮蔑的眼神看向咲太。

「我心中只有麻衣小姐一個人。」

「搞不好假扮『學長以上，戀人未滿』之後，就當真喜歡上那個一年級女生了。」

「我真沒信用耶～」

「話說在前面，我只會等到第一學期結束。」

「反過來說，只要這次的事件好好結束，妳就願意和我交往？」

「這……」

麻衣不經意移開視線。

「看當時的心情而定。」

「咦～」

「你為什麼一副不滿的樣子？」

「如果將來會得到麻衣小姐的獎賞，我就有動力努力了……」

「明明是你自己跳下來處理的問題，卻這麼厚臉皮。」

麻衣說完像是想到某件事，嘴巴微微張開。

「咲太，明天要打工嗎？」

「要。」

「到幾點？」

「兩點。」

「是喔……」

麻衣不知為何開始非常愉快地晃起腿來，眼神似乎對咲太有所期待。

「我明天下午沒行程。」

看來是要邀咲太約會。

「鎌倉的繡球花還沒謝吧？」

地點都決定好了。

咲太看她期待成這樣，下一句話反而非常難以啟齒。

「那個……」

咲太戰戰兢兢地插嘴。麻衣看到他這個態度似乎有所察覺，立刻變回百無聊賴的表情。

「喔～～要和那個一年級學妹約會？」

「可以說是約會，也可以說是約會之類的某種聚會……」

「……」

「麻衣小姐？」

「……唉～～」

「啊，是喔。」

麻衣嘆出沒幹勁的一口氣。

「……」

「……」

咲太以為麻衣會繼續抱怨，她卻沒有繼續責罵。

「不說『那個女生比我優先啊？』這句話嗎？」

「我為什麼非得吃醋才行？」

「咦～～」

「畢竟我知道你對我死心塌地。」

「哎，是沒錯啦。」

「我也不認為自己會輸給那個一年級學妹。」

「唔哇～～好大的自信。」

不愧是櫻島麻衣。麻衣就是要這樣才對。

「所以，我只有這次特別通融。」

「感激不盡。」

「不過，我想想……」

麻衣作勢思索兩秒後，嘴角露出惡作劇的笑容。

「平白原諒你的話，對將來不是好事，所以你就展現相應的誠意吧。」

「意思是要我做什麼？」

「你自己想吧。」

「那麼……」

咲太探出上半身，以四肢著地的姿勢慢慢爬向坐在床上的麻衣。

「等……等一下，這是做什麼？」

驚慌的麻衣往後退，但背部立刻碰到牆壁。

咲太不以為意，繼續前進。

「不准過來！」

此時，麻衣的腳底迎面而來，直接命中臉部。

「好痛！」

鼻子挨踢的咲太上半身往後倒，從床上向後摔倒。

「你想做什麼？」

「想表現誠意。」

「那是性慾。」

「啊，大概吧。」

「凡事都要循序漸進吧？我們又還沒開始交往……」

「藉這個機會和我交往吧。」

「不要。」

「我好沮喪喔～～」

「怪誰啊？」

麻衣以冰冷的目光瞪向咲太。

「完全是我的錯。」

「那就給我反省吧。」

咲太第三次跪坐下來。

「關於約會，麻衣小姐下週日的行程是？」

「明天起的一個星期，我要到鹿兒島拍戲。」

「啊～～」

「……」

坐正的麻衣投以疑惑的視線。

「你好像不太驚訝。」

咲太之前就聽過麻衣要拍連續劇的消息，不過是在第一次的「六月二十七日」得知的。

「我覺得以麻衣小姐的本事，很快就能爭取到連續劇的角色。」

「是沒錯啦……」

麻衣似乎覺得不對勁，眼中的疑惑神色沒有消失。

「好好喔～～鹿兒島……」

「我可不是去玩喔。」

麻衣在床邊重新坐好，卻在過程中踢倒一個紙袋。是麻衣自己帶來的。她抓起紙袋說聲「拿去」遞給咲太。

「嗯？」

「送你。」

咲太乖乖地收下。

裡面是一件可愛的連身裙。當然是女用的……

「意思是麻衣小姐去鹿兒島的時候，要我用這個當替代品？」

「是要送給你妹妹啦。」

麻衣說完，露出一副打從心底感到無奈的樣子。

「啊？」

但是咲太聽不懂她的意思。

「我剛才說過我今天去拍時尚雜誌的照片吧？他們把拍照用的服裝送我了。」

換句話說，這是麻衣剛脫下的衣服。這麼想就覺得衣服好香。

「而且我穿起來很像小女生。」

攤開一看，裙襬與袖口都縫上了荷葉邊。

「所以送給楓？」

「我覺得她只有身高比我矮一點，尺寸應該差不多。」

「不，我沒擔心這件事……」

為什麼突然送衣服給楓？咲太一頭霧水。

「我是在拐彎抹角暗示你要稍微在意妹妹的打扮啦。」

「妳現在是直接明示吧？」

「那件熊貓睡衣，如果她喜歡就算了……但她今年十五歲了吧？」

「是的。」

「打扮漂亮之後，說不定會比較想外出。」

「啊啊……」

這段話令咲太完全懂了。麻衣是在擔心楓，覺得楓今後不能一直只待在家裡生活。

咲太知道麻衣不是同情，也不是只說「好可憐」這種表面話……是真正面對這個問題。

「……」

咲太不禁注視著麻衣。

「幹……幹嘛啦，一直看我。」

「麻衣小姐為楓著想，我好高興。」

「這麼做是理所當然吧？」

麻衣不以為意般回應。明明捉弄咲太的時候會做幼稚的事，卻偶爾會露出這種成熟的一面，所以很令人傷腦筋。會覺得心情無法控制，認為自己敵不過她。

「我去叫楓過來。」

咲太輕輕起身。

「沒問題嗎？」

「麻衣小姐別擺出恐怖表情就好。」

「不會啦。」

麻衣鼓起臉頰，犀利的視線刺向咲太。

「就是這張表情。」

「你說哪張表情？」

麻衣泰然自若地收起不耐煩的情緒，投以溫柔的微笑。

就某方面來說，變臉這麼快更恐怖。要是說出這個想法可能會惹她真的動怒，所以咲太暫且作罷。

咲太抓住門把用力往外推。緊接著，門發出「叩」的碰撞聲沒打開就停住，只開了約五公分的縫隙。

「嗚……」

門外傳來楓的呻吟聲。

咲太緩緩推門，這次確實打開了。

楓按著額頭蹲在房門前。

「妳在做什麼？」

咲太和揚起視線的楓四目相對。楓呆呆張著嘴，一副「慘了」的感覺。

「不是……」

咲太什麼都還沒說，楓就說出這句話。

「我不是在玩忍者遊戲。」

「我還以為妳在偷聽……」

看來是更高階的遊戲，大概是直到上個月都在看時代小說的影響吧。恐怕沒錯。

「算了，妳來得正好。」

「什麼事？」

咲太將呆愣的楓拉進自己房間。

楓立刻發現麻衣，便躲到咲太身後。

「妳好。」

麻衣打完招呼，楓稍微探出頭。

「妳……妳好。」

雖然聲音細如蚊鳴，但麻衣肯定也聽到了。

「楓，這是麻衣小姐送的。」

咲太將這件縫上荷葉邊的可愛連身裙塞給緊貼在身後的楓。楓有些困惑地收下衣服，終於離開咲太。

「這是？」

楓一邊問一邊以雙手攤開連身裙，視線立刻盯著衣服不放。看來有興趣。

「好可愛。」

「穿穿看吧？」

楓聽到麻衣這麼說，請示般看向咲太。

咲太緩緩點頭，楓隨即像是等不及一樣匆忙離開房間。

至今沒看過妹妹這種反應。

最了解女生的果然是女生。

等待數分鐘後，楓回來了。她害羞地只從門縫探出頭。

「哥哥，你保證不會笑我。」

「如果好笑的話，我會笑喔。」

楓縮回頭。

「放心啦，絕對很適合妳。」

麻衣如此鼓勵之後，楓戰戰兢兢地進房。

「怎……怎麼樣？」

長度及膝，以充滿夏季氣息的清爽白色為底的連身裙，很適合體型苗條的楓。

「嗯，很可愛。」

「我第一次穿這種衣服，所以很不好意思。」

楓害羞得滿臉通紅。她看著映在玻璃窗上的自己，表情看起來似乎很開心，而且不時向右、向左或向後轉。

「哥……哥哥，怎麼樣？」

「一點都不好笑。」

「你就老實地稱讚可愛吧？」

麻衣露出壞心眼的笑容。

看來最好趕快換個話題。

「得向麻衣小姐道謝才行喔。」

他如此催促楓。

楓一和麻衣對看，果然還是躲到咲太身後。

「謝……謝謝。」

但她確實親自道謝了。

「不用客氣。」

「請……請問……」

楓不時瞥向麻衣觀察。

「怎麼了？」

「楓也可以稱呼您麻衣小姐嗎？」

「可以啊。相對的，我也會叫妳小楓。」

「好……好的。然後，請問……」

「嗯？」

「麻衣小姐和哥哥是什麼關係？」

「這個嘛……」

麻衣露出思索的模樣，悄悄朝咲太一瞥，表情顯然不安好心。

「算是『學弟以上，戀人未滿』的關係吧？」

酸溜溜的說法。

「會……會成為戀人嗎？」

「這要看咲太的表現。畢竟他似乎還跟別的女生處得很好。」

「是……是這樣嗎，哥哥？」

「麻衣小姐，請不要灌輸她謊言。」

咲太想跟楓說正確的情報時，時鐘發出「嗶嗶」的電子合成聲。是晚上十一點的報時。

「很晚了，我回去了。」

麻衣從床上起身。

「要是繼續待在這裡，不曉得咲太會對我做什麼。」

「會……會做什麼？」

楓看向咲太。

「當然是色色的事情吧？」

咲太說出事實，和麻衣一起走出房間。

「我送妳到一樓。」

咲太在玄關穿鞋。

「是嗎？那就讓你送吧。小楓，再見嘍。」

「好……好的。」

楓似乎依然害怕縮短距離，只從咲太的房間探出頭輕輕揮手。

走出玄關的咲太與麻衣默默搭乘抵達的電梯。

電梯關門開始向下時，腳底竄起一股飄浮感。

「今天謝謝妳。」

「怎麼了，這麼鄭重？」

「楓很久沒和我以外的人說話了，我好高興。」

「你這麼率直，捉弄起來就沒意思了。」

聊到一半，電梯抵達一樓。

打開電子鎖玻璃門來到外頭，夏季特有的悶熱空氣纏上肌膚。

「已經是夏天了呢。」

即使太陽下山也完全沒變涼，難以入睡的每一天開始了。

「麻衣小姐討厭夏天？」

「防曬很辛苦的。」

麻衣嘴裡這麼說，但語氣透露她已經習慣了。

「所以穿黑絲襪啊……」

「沒錯，畢竟也有模特兒的工作……咲太呢？」

「嗯？」

「喜歡夏天嗎？」

「沒辦法享受麻衣小姐赤裸裸的腿的夏天，不來也罷。」

又熱又溼，胸前的傷痕在游泳課一定會見光，完全沒好處。

閒聊沒多久就抵達目的地了。兩人只是要到眼前的公寓，所以也是當然。

「不要假戲真做就好。」

對話中斷片刻之後，麻衣輕聲這麼說。

「什麼？」

「那個一年級女生的事。」

「剛才也說過吧？我對麻衣小姐死心塌地。」

「……」

麻衣斜眼看向咲太，視線像是欲言又止。

「不懂就算了。」

但她只留下這句話就進入住處。

「麻衣小姐？」

「晚安。」

麻衣打開電子鎖大門，轉身揮手致意。

「晚安。」

咲太稍稍舉手回應。

門關上之後，麻衣的背影消失在深處，完全看不見了。

咲太目送麻衣消失之後轉身，決定回到楓等待著的屋子。

明天要從早上打工到中午過後，最好早點睡。雖然這樣比較好，但在今天逐漸邁向尾聲時，咲太很在意一件事。

「明天真的會來吧……」

在電梯裡，他就這麼嘀咕說出內心的想法。

沒人告訴他答案。

第二章

假情侶戲碼開演了

1

直接說結論，隔天六月二十九日很乾脆地來臨。

早上，楓輕輕搖醒咲太。

「楓，早安。」

咲太一邊道早安，一邊拿起床邊的數位鬧鐘。

以半開的雙眼確認日期，上頭確實顯示「六月二十九日　星期日」。

「……」

這是該高興的狀況嗎？雖然沒有重複同一天，但是還沒查明原因或理由，所以咲太的心情沒有比較舒坦。

如果今後再也不會發生這種事，希望有人對他這麼說。如果其實還可能發生這種事，同樣希望有人對他這麼說。

不知道實際是否會發生，使得咲太感到焦慮。

「只要待在古賀身邊，遲早就會知道吧。」

楓追著貓咪那須野離開房間。咲太目送她離去，並且自言自語。

之所以答應朋繪的荒唐請求，也是為了查明這次思春期症候群的實際狀況。到頭來，若想拭去這份不安的心情，只能自己跳下來解決。

何況，得知思春期症候群的各種案例是有意義的。或許可以為至今依然束縛著楓的思春期症候群找出解決的頭緒。

楓身上的傷暫且消失了，但只是因為遠離網路環境的關係。要是楓接觸到網路上他人的惡意，身上恐怕又會出現各種傷。

就算這麼說，也不能讓她一輩子足不出戶過生活。

不能容忍這種不講理的事情發生。

「無論如何，直到早上起床才知道這天是哪一天，實在令人靜不下心啊……」

沒辦法事前決定隔天的行程，因為說不定是前一天……

咲太抱著這種靜不下心的感覺前來打工的餐廳上早班，確實完成外場工作。

「如果明天又是今天，我就變成做白工嗎……」

薪水不會因為日子反覆就加算。

打工時間結束時，咲太向薪水之神祈禱明天確實來臨。

兩點過後，咲太打卡下班走出連鎖餐廳，來到江之電藤澤站。

拿出月票感應，通過驗票閘口。

電車剛離站的月臺沒什麼人。

咲太在自動販賣機買了一瓶水，一屁股坐在長椅上。這裡是朋繪指定的約會集合地點。

平常用來通學的熟悉月臺。牆壁並排著沿線車站觀光景點的指引，以及介紹當地名產的海報。到了假日下午，搭車乘客的氣氛也大不相同，來觀光的人比當地人多。看起來正要前往鎌倉的大嬸集團；好像要來看海的全家福；似乎要去江之島約會的年輕情侶。順帶一提，咲太與朋繪也預定逛江之島一圈。

悠閒的時光流過車站月臺。此時，一個匆忙的腳步聲接近。

「久……久等了。」

咲太抬頭一看，朋繪靦腆地站在旁邊。

下半身是牛仔短褲；上半身是肩頭與衣襬設計成荷葉邊的無袖女用襯衫；腳上是包住腳踝方便行動的球鞋；雙手提著顯眼藍白條紋的海軍風托特包，像是要遮掩毫不掩飾展露出來的腿。保留女孩的柔和氣息，同時給人配合海邊約會的清爽印象。

咲太不發一語。朋繪在他面前為難地游移視線，從表情看得出她緊張又害羞。

「妳臉很紅喔。」

「因為我趕路過來。」

「那就好。」

「只是約會，沒什麼大不了的。」

朋繪辯解般補充這句話。

「話說古賀，妳遲到五分鐘。」

離開打工的連鎖餐廳時，兩人約好兩點半在這裡集合。朋繪三十五分抵達，指針正逐漸走向四十分。

「這也沒辦法吧？畢竟要準備。」

「準備是吧……」

咲太目不轉睛地打量朋繪全身。這身行頭要解釋為「花時間準備」確實能讓人接受。她散發出現代的時尚氣息，不會太花俏，融入周圍的程度剛剛好。

「怎……怎麼了？」

「總之，我覺得很可愛。」

「別……別說我可愛啦！」

「就是可愛啊，這也沒辦法吧？」

「不准講兩次！」

「不是穿迷你裙得扣分，不過既然沒穿絲襪就原諒妳。」

「也不准老是看我的腿。」

朋繪當場抱著雙腿蹲下，遮住難得露出的美腿。

「反正很粗啦。」

仰望咲太的微微溼潤的雙眼刺激著咲太內心想捉弄她的想法。此時咲太注意到短褲包覆的圓圓屁股。

「絕對不可以講我的屁股喔。」

察覺咲太視線的朋繪搶先警告。她意外眼尖。

「為什麼？」

「因為很大……」

朋繪鬧彆扭般自招。

「肯定生得出健康寶寶。」

「不……不要用這種奇怪的講法稱讚啦！」

朋繪展現今天最慌張的模樣。

「難以置信！」

她連耳根都通紅，在意旁人是否有聽到。

「這種衣服是在哪裡買的？」

「啊？還能在哪裡，就是正常的服飾店……」

「哪裡的？」

「為什麼要問這種問題？」

「領到打工薪水之後，我想買衣服給妹妹。」

畢竟麻衣也叮嚀要稍微注意楓的穿著。朋繪與楓差一歲，咲太認為可以當成參考。

「學長有妹妹啊。幾歲？」

朋繪坐到咲太身旁。

「小妳一歲。不過發育比妳好。」

「我並不是在問胸部。」

「我並不是在說胸部，是身高。」

「我……我知道啦……啊，對了，學長，ＩＤ！」

朋繪一副想起大事的樣子，從托特包內袋取出手機。

「啊？」

「我原本想通知學長會稍微遲到，但學長沒把ＩＤ告訴我。」

朋繪不滿地噘嘴。

「妳的意思是我的錯？」

「遲到是我的錯……對不起。」

這次她乖乖地道歉。

「哎，才五分鐘，我不會斤斤計較啦。」

「剛才不就計較了？話說，ＩＤ。」

朋繪已經叫出登錄畫面了。

「我沒有那種東西。」

「咦？」

「沒有。」

「學長沒用ＡＰＰ？」

朋繪一副「這個世界有這種人？」的反應。

不過，光是這種程度就嚇到可不行。

「我沒用普通手機或智慧型手機。」

「什麼？」

朋繪眨了眨雙眼。

「這是怎樣，什麼意思？」

「沒手機的意思。」

咲太輕輕舉起雙手告知事實。之前他將手機扔進海裡了。那天是峰原高中的放榜日，為了讓網路環境從楓的周圍絕跡，他將手機扔進七里濱的大海訣別。

「一丁都不懂吶。」

「拜託懂一下吧。」

「因為……學長，你是怎麼活過來的？」

「人沒手機會死掉嗎？」

「會死掉啦！」

朋繪強力斷言。

「應該說，已經死了……」

朋繪朝咲太投以像是看到喪屍的視線。不過一副難以置信的表情、臉色蒼白的是朋繪自己。

「啊，電車來了。」

咲太不管還想說話的朋繪，跟著另一個家庭上車。

「啊，等我啦！」

朋繪也連忙跟上。

告知發車的鈴聲響起，車門緩緩關上。

電車靜靜起步，並肩坐著的咲太與朋繪身體左右搖晃。

朋繪好一段時間持續嘀咕著「難以置信」，不過在抵達下一站石上站的時候，不知為何突然安分下來。

電車再度起步。此時，咲太的右肩變重。朋繪依偎過來了。往旁邊一看，她半張著嘴發出熟睡的呼吸聲。

「喂。」

咲太輕輕往她的額頭彈了一下。

「好痛！」

朋繪雙手按住額頭，投以忿恨的視線。

「一般來說，哪有人會突然就睡著啊？」

「我沒怎麼睡。」

「太期待約會？」

「昨天大家開群組聊天到兩點多……後來我看一部有趣的動物影片就天亮了，然後稍微預習約會……」

朋繪將雙手放在嘴邊，打了一個大呵欠，接著立刻擦掉淚水以免妝花掉，從托特包拿出鏡子

確認。

「古賀，妳昨天是第一天打工吧？」

「嗯。」

「下班之後會累吧？」

人做完平常不習慣的事，會比平常疲累許多。

「很累。」

「那就早點睡啊。」

「大家都醒著，我不可能自己跑去睡。」

「有趣的動物影片可以等有空再看吧？」

「大家都說看過，我沒能加入話題會很麻煩。而且是玲奈推薦的耶。」

「又是玲奈啊……」

維持友誼真辛苦。

「啊，對了，感想！」

朋繪一拿出手機就開啟免費通話ＡＰＰ的傳訊功能，以熟練的動作送出主旨是「那部動畫很好看」的簡訊。

沒多久就收到回應。

掃視畫面，發現上頭寫著「也推薦這部」。看來朋繪今晚的睡眠時間又減少了。

咲太才這麼想，朋繪就當場播放起影片。笨拙的熊貓在小小的液晶畫面上跌倒，雙腳漂亮地開成V字形，門戶大開。

影片還沒播完，電車就抵達目的地江之島站。

「好啦，下車了。」

咲太拉著專心看手機畫面的朋繪，下車來到月臺。

江之電停靠的各站之中，江之島站算是比較大的站，也可以在這裡轉搭湘南單軌電車。走一小段路，參考龍宮設計的車站建築引人注目，這裡也是小田急江之島線的片瀨江之島站。順帶一提，這幾個站都不位在江之島上，而是江之島附近。

出站的咲太與朋繪往南方，也就是往海的方向走。吹來的風有夏天的味道。

兩側商店林立的紅磚風格石板路，取名為洲鼻通。這裡有時尚的咖啡廳，假日遊客如織，今天情侶特別多。

「都是情侶。」

「畢竟是週日啊。」

「我們看起來也像嗎？」

「應該不像吧。」

「為什麼？」

「因為……」

咲太目測自己和朋繪的距離，推測約一公尺以上。在道路狹窄的這個地方距離這麼遠，形容為素昧平生比較好。事實上，行人從剛才就若無其事地從兩人之間穿越。如果兩人看起來像情侶，肯定不會從中間走過去吧。

大概是察覺到咲太視線的含意，朋繪靠了過來，距離從一公尺以上縮短到一公尺以下。

「大概這樣？」

「大概那樣。」

咲太以眼神示意走在前面的大學生情侶。他們近得肩膀不時相碰。

朋繪至此終於來到咲太身旁。

「然後……像是那種感覺吧？」

和咲太他們年紀差不多的青澀情侶正在看咖啡廳擺在外面的價目表。

女孩只握住男孩的兩根手指。小指與無名指。

「既然妳和男生交往過，這樣算不了什麼吧？」

「那……那當然！」

朋繪戰戰兢兢地伸手過來。她的手沒碰咲太的手，而是抓住別的東西——腰帶多出來垂在腰間的部分。

她和前男友應該是維持健全的交往吧。不過前提是這個人真實存在……

這樣似乎是極限了，朋繪害羞地低下頭。

嬌小的朋繪做出這個動作，莫名地營造出可愛的感覺。只是，有一個問題……

「妳變得好像狗耶。」

就是這一點。

「啊，我家有養狗喔。」

「我家是養貓。話說，現在沒必要硬是假扮成情侶吧？」

在校內就算了，在這裡騙陌生人也沒用。

「該說也不是這樣嗎……」

朋繪講得吞吞吐吐，露骨地將頭轉過去。

「那個……我有件事想對學長說。」

走完石板路，大海就在眼前。

看似浮在海面的影子，是兩人正要前往的江之島。在描繪弓狀弧線的相模灣凸出來的是陸繫島，往西是小田原與箱根，天氣好的時候可以從這裡遠眺富士山，不過今天多雲，只能隱約確認

山的輪廓。

「妳想說的是後面偷偷摸摸的三人組？」

抵達江之島站的時候，咲太就不經意感受到視線。他假裝看朋繪確認身後，發現疑似玲奈與另外兩個朋友——日南子與亞矢的身影。

「你發現了啊……」

「因為妳的舉止很可疑。」

「會……會嗎？」

這麼一來，可不能只是隨便拍幾張照片當成約會的回憶。既然玲奈她們隨時看在眼裡，就必須保持「學長以上，戀人未滿」的距離小心行動。

「玲奈提議要審核學長……」

「畢竟只有她從昨天就懷疑我啊。」

玲奈懷疑的不是兩人是否說謊，而是咲太的白目程度與人性。明明一個月前當著全校學生的面向麻衣表白，卻很乾脆地移情別戀看上朋繪，輕浮得難以置信。這就是玲奈表現出來的態度，而且擔心朋繪和這種人交往是否沒問題。

「友情真偉大呢。」

「我總覺得這句話有惡意。」

這份友情導致狀況變得複雜，咲太難免想挖苦幾句。

老實說，明知被監視卻要飾演小丑，感覺很差。這個學妹高估這場戲不會穿幫，讓她知道人生的嚴苛肯定也是學長的職責。

「古賀，計畫變更。」

「咦？哇！」

咲太拉著原本想直走的朋繪，改成沿著國道１３４號前進。背對七里濱，走過境川出海口的一座橋。

「要怎麼做？」

朋繪對咲太的行動感到困惑。

「去那裡。」

抵達對岸隨即映入眼簾的，是面海建造的四方形龐大建築物——水族館。

咲太與朋繪買兩人份的票進入水族館之後，首先迎接他們的是棲息在相模灣當地各式各樣大大小小的海中生物。牠們在長達下方樓層的巨大水槽中有力地游泳。頭部是三角形的鯊魚；看起來很好吃的鯛魚；優雅地繞著圈的海龜；兩隻並行的魟魚露出像人臉的腹部游過去；數千隻沙丁魚成群兜圈子，在水槽正中央描繪出奇妙的球體。

孩童們貼在水槽邊，忘神地看著海中躍動的生命。朋繪也加入他們，取得角落的特等席。一隻大鯊魚突然從朋繪面前游過去。

「呀啊！」

朋繪發出可愛的尖叫聲，跌坐般往後倒，引以為傲的屁股靠在身後咲太的腳邊。

在玲奈等人的注視之下，咲太很有男友的樣子，伸手幫助朋繪起身。

原以為名為入場費的牆可以阻止玲奈她們跟過來，但這如意算盤落空了。不過比起戶外，這裡比較能抑制玲奈她們的行動，咲太打算找機會反擊。他人沒有好到乖乖任憑別人看好戲。

盡情欣賞巨大水槽的咲太與朋繪沿著指引路線往裡面走。

依序是棲息在溫暖海域的鮮豔魚兒，以及在深海生活的奇妙生物。水母區的照明比較暗，氣氛彷彿天象儀。

駐足拍照的情侶們映入眼簾。

水母輕飄飄地在水中悠游。

「好可愛。」

朋繪也拿出手機拍照。

也有看似甜點的水母。

「好像馬卡龍喔。」

朋繪似乎也有相同的感想。

「學長，拍照。」

咲太接過手機，讓朋繪與水母一起入鏡。

「不是啦！」

朋繪看向一旁站在水槽前面肩並肩的情侶。男方伸直手臂架好的手機鏡頭朝著他們自己。

咲太依照要求，往朋繪靠過去。稍微碰到，朋繪就敏感地抖了一下，偷偷瞄到的臉龐緊張得僵住。

咲太不以為意，按下快門。

兩人確認拍下的照片。正如預料，朋繪表情很僵硬。

「學長，你眼神死了。」

「和平常一樣吧？」

「那麼，你平常眼神就是死的。」

朋繪開心地笑了，大概是不再緊張了吧。

沿著路線繼續前進，感覺到許多人的氣息。水族館一角擠滿了人。

重現岩岸的水槽中有大約十五隻的漢波德企鵝。

似乎剛好要舉行企鵝秀，深處走出一位戴著無線麥克風的飼育員大叔。

「去看吧？」

「嗯。」

飼育員大叔詳細說明漢波德企鵝的特徵。主要是每隻的腹部花紋都不一樣，兄弟姊妹或是親子會相似。大叔抱起一隻企鵝，讓玻璃另一頭的這邊看得比較清楚。

其他企鵝聚集在飼育員腳邊。大叔往右走，牠們就搖搖晃晃跟著往右走；大叔往左走，牠們也搖搖晃晃跟著往左走。

各處發出「好可愛」的聲音。

「好可愛，真的好可愛！」

不用說，朋繪當然也眼神發亮。

在陸地展現可愛的一面之後，似乎要在水裡展現帥氣的泳姿。咲太猜測要怎麼做的時候，飼育員就吆喝一聲，將小魚扔進水裡。

企鵝們一起跳進水裡，像子彈一樣在水中往前衝，看起來甚至像在飛。無法在天空飛翔的企鵝似乎能在海裡飛翔。

「那隻企鵝……」

「嗯？」

朋繪不知為何看著岩區一角。

企鵝們熱鬧游動尋找小魚的不遠處，一隻企鵝正悠哉地睡午覺。

「感覺好像學長。」

「我的腳那麼短？」

「明明大家都在參加表演，卻我行我素在角落摸魚，這一點很像學長。」

「那麼，妳是從前面數過來第二隻的那隻活力企鵝嗎？」

在這個狀況，帶頭的是香芝玲奈。到最後，飼育員扔的小魚被四隻企鵝獨吞。或許企鵝社會也有階級之分。

「我不是那隻……是在後面跟著大家的那隻企鵝。」

朋繪輕聲這麼說。

「屁股也很大呢。」

「我在講正經事啦！」

朋繪雙手按著屁股，揚起視線瞪過來。這個動作莫名像企鵝。

「為什麼那隻企鵝不和大家在一起呢？」

角落那隻企鵝睡完午覺醒來之後，轉頭確認周圍的狀況。察覺的飼育員立刻說「看來終於醒了，不過表演已經結束了」，引來眾人壞心眼的笑聲。

企鵝不以為意，又睡了回去。聚集的觀眾們再度發笑。

「被大家笑也不以為意……真的和學長一模一樣耶。」

朋繪露出得意洋洋的笑容。

企鵝秀就像這樣在盛況中落幕。

聚集的人們逐漸散去。

咲太表示要去上廁所，將朋繪留在旁邊的海豹水槽前面，暫時離開。

但他沒去廁所，而是沿著水族館路線繞一大圈。他在企鵝秀的時候發現玲奈、日南子與亞矢三人。

咲太回到入口，然後快步行經剛才走過的路，在商店柱子後方發現玲奈等人。她們正在觀察朋繪欣賞海豹的樣子。

「有什麼珍奇的魚嗎？」

咲太從後方接近搭話。

日南子與亞矢出現驚嚇反應，玲奈則面不改色地轉身看向咲太。

「學長也來了啊。」

了不起的膽量。

「女高中生真閒呢。」

「很忙喔。」

「看起來不像。」

「我才想問，學長丟下朋繪沒關係嗎？」

「等等，你們看！」

今天也戴著無度數眼鏡的日南子打斷對話。她從柱子後方偷看朋繪的狀況。

咲太也探頭想知道發生什麼事。

兩個男生在向朋繪搭訕，都是褐髮，腰間也都掛著褲鏈，腳上穿著涼鞋。

其中一個男生指向戶外，大概是在邀朋繪一起去看海豚秀吧。

「他們看起來好恐怖。」

朋繪將手舉到胸前擺動，像是在拒絕，但男生抓住她的手。

「怎麼辦？」

日南子看向玲奈徵詢意見。

咲太經過三人身旁，迅速從柱子後方走出去，快步前往朋繪身邊。

「我才離開一下，妳怎麼就被搭訕啊？」

咲太說完，輕輕朝朋繪的頭頂賞了一記手刀，然後搭著她的雙肩往自己拉過來，讓她遠離褐髮二人組。

「原來有男友啊。」

男性眼底透露出些許不耐煩的情緒。

「學長，你廁所上很久耶。」

朋繪輕聲抗議。

「我是上大號。」

其實是去處理完全不同的事，卻似乎足以令褐髮二人組失去興致。

「約會的時候大號？你真了不起啊。」

兩人哼笑之後離開。

咲太看著他們吊兒郎當的背影。

「那也是妳朋友崇拜的學長？」

咲太輕聲問朋繪。

「怎麼可能。」

朋繪同樣輕聲回應。

「那就斷然拒絕啊。」

「話是這麼說……」

「怎麼了？」

「他們突然對我說話，我嚇了一跳。」

「這種事妳最好趕快習慣喔。」

附近的海水浴場將在下週一起開放，到時候愛的獵人會在海邊城鎮大量出沒。

「為什麼會找上我呢……」

「妳沒照鏡子看過自己的長相嗎？」

「每天都有看啦～～」

朋繪看著水槽玻璃上映出的自己。

「感想是？」

「……好像不是我。」

朋繪低著頭說出這句話。

2

離開水族館的咲太與朋繪位於通往江之島的弁天橋。

風聲與海浪聲，海潮味包覆全身。橋距離海面不是很高，感覺像是走在海面上，好舒服。

大約走到中間時，咲太停下腳步轉身。落後三步行走的朋繪也反射性停下來。

看著下方的朋繪似乎無精打采。她離開水族館之後，似乎一直在想事情。

「這是在玩大男人主義的遊戲嗎？」

「不是啦。」

「那麼，是冷戰情侶的遊戲嗎？」

朋繪緩緩和咲太拉近距離。

她走到咲太身邊，將雙手放在扶手上輕輕嘆氣。雲層間灑下的夕陽光芒將朋繪照得火紅。

「我之前對學長說過吧？我是福岡人。」

「要炫耀家鄉？」

「不是。」

「不然呢？」

咲太轉過身，背靠扶手。

「我直到國中畢業都不是這樣。」

朋繪注視著正下方的海面。

「要看照片嗎？」

「沒興趣。」

「這張。」

朋繪不太高興地將手機畫面遞到咲太面前。

即使不想看也看見了。

傳統的水手服，裙子是過膝的俗氣款式，而且畫面裡的朋繪是辮子髮型。

「這是……土包子耶。」

「所以才不想讓別人看到。」

「是妳硬要拿給我看的吧？」

「我爸爸調職來到東京……」

「這裡是神奈川。」

「這種細節不重要。大致算是東京吧？」

「哎，隨便啦。」

「之前在班上，我也待在不起眼的小團體。」

「是喔……」

「我覺得在都市生活，太老土就交不到朋友，絕對會被欺負。」

「嗯，或許會這樣吧。」

「所以，我在一月初知道爸爸要調職之後……在搬過來之前的三個月研究了很多。」

朋繪觸摸自己的頭髮。

「我第一次化妝，去時尚美髮店換髮型……衣服也是看流行雜誌學的，口音也進行特訓……然後就變成這樣了。」

「妳不喜歡嗎？」

「啊？」

「不喜歡現在的自己？」

這個問題令朋繪露出思索的樣子。

「……喜歡。非常喜歡。」

停頓片刻之後，她像在確認自己的心情般這麼說。

「既然這樣，有什麼好苦惱的？好煩。」

「這……這是怎樣啦！」

「反正是青春期的毛病發作，覺得『這不是真正的自己』對吧？」

「是……是沒錯啦……」

「有夠煩的～～」

「好過分！」

「哎，不過無妨吧？」

「什麼事無妨？」

「這就是古賀喔。無論以前如何，現在的這個樣子就是妳。」

「為什麼學長講得出這種話？」

「你懂我什麼？」的視線刺向咲太。

「無論契機是什麼，妳都是想變成這樣而努力變成這樣的吧？」

「唔，嗯……」

「而且，妳喜歡現在的自己吧？」

「嗯。」

「妳卻說這不是真正的妳？講這種話才有問題。」

「……」

「哎，所以別在意了。」

「……總覺得不甘心。」

「啊？」

「感覺被學長的花言巧語騙了。」

「我說啊……」

咲太正要抱怨時，朋繪的注意力就被手機吸引，移開視線。

「啊，是玲奈……」

她操作畫面開啟訊息。

「她怎麼說？」

「……『兩人感覺不錯，學長或許出乎意料是個好人』。」

「『出乎意料』這四個字是多餘的吧？」

「『學長說出乎意料這四個字是多餘的』。傳送。」

「不准傳送！」

「來不及了……啊，回應了。『啥？』」

「這樣啊。」

加入女高中生之間的對話只會徒增疲勞。

「走吧，要去江之島吧？」

「嗯……啊，等一下。」

朋繪似乎發現了什麼東西。她看向橋旁延伸出去的沙灘。太陽開始西斜，遊客也變得零星的海岸線有個人影。人影低著頭，大概是在找某個東西。從體型來看是女生，從這裡就看得出她頗為靜不下心。

「是米山。」

「妳認識？」

「同班的米山奈奈同學。」

特地記住全名，咲太覺得這很像朋繪的個性。咲太幾乎不記得班上同學的名字。

朋繪背對江之島，在弁天橋上往回走，離開大馬路，腳步蹣跚地來到沙灘。咲太自己去江之島也沒意義，所以跟在她身後。

距離海岸線愈近，米山奈奈的輪廓就愈清晰。戴著黑框眼鏡，頭髮像國中生一樣分成兩束，從肩頭垂到胸前，身穿過膝裙以及深藍色開襟針織外套。身高和朋繪差不多嬌小，乍看給人內向的印象，感覺很適合待在圖書館。

奈奈掛著泫然欲泣的表情，不斷在沙灘上來回踱步。

「米山同學。」

朋繪的聲音使她受驚般全身顫抖。

奈奈抬頭認出朋繪，身體再度一顫。

「妳對她做過什麼嗎？她嚇壞了耶。」

咲太輕聲問朋繪。

「我……我沒做任何事啦！」

朋繪同樣輕聲回應。

「古賀同學……而……而且，傳聞繞了一圈的學長居然也在……」

「看來真的是一年級眾所皆知呢。」

奈奈和咲太視線相對，隨即表現得比剛才還要害怕。

「對……對不起。」

她如此道歉。

「我才要問，學長對她做過什麼嗎？」

朋繪抓準這個機會反擊。

「我還沒做任何事。」

「今後也別做啦。」

朋繪瞪了一眼警告咲太。

「米山同學，怎麼了？」

朋繪換個心情，溫柔詢問。

「咦，沒什麼。」

怎麼看都是「有什麼」的態度。

「在找什麼嗎？」

朋繪換了一個問題。

「唔，嗯。」

她這次點頭了。

看來並不是有什麼過節，只是奈奈很怕生，在班上很少交談的朋繪前來搭話，才使她感到困惑罷了。不只如此，有著各種負面傳聞的咲太也一起過來，她難以拿捏距離。

「我也一起找吧。掉了什麼？」

「不……不用啦，畢竟古賀同學在香芝同學那一個圈圈……」

咲太覺得她的婉拒方式真有趣。

同時，咲太似乎從這句話看出朋繪班上的勢力圖了。

外表不起眼的米山奈奈氣氛明顯不同於盡顯時尚氣息的朋繪，以及包含朋繪在內的玲奈小團體。所以她才會畏縮吧。

咲太想告訴奈奈，國中時代的朋繪比現在的奈奈還要老土。

但他剛剛才認同朋繪的努力，所以決定不要多嘴。

「三個人一起找比較快吧？」

還不知道要找什麼東西，咲太就一邊檢視沙灘一邊踏出腳步。

「學長也那麼說了。」

「唔，嗯……是吊飾。」

「怎樣的吊飾？」

「有個小小的水母娃娃。在水族館買的。」
「顏色呢？」
「透明偏藍。」
「是很重要的東西吧？」
「嗯……是黃金週和現在的朋友買的相同款式。」
如果只有她的吊飾不見，確實很尷尬。
這個問題應該不是買新的就能解決吧。對於奈奈來說，必須是和朋友一起買的那個吊飾才有意義。
「確定是掉在這附近吧？」
「不……不好意思，這也不確定。」
「不用道歉啦。」
四目相對可能又會嚇到她，所以咲太就這麼低著頭，只揮手向她示意。不經意就讓她明顯害怕到這種程度，咲太有點沮喪。
「學長雖然是個怪人，但是並不恐怖。」
朋繪以這句失禮的感想幫忙緩頰。不過就咲太看來，朋繪也沒正常到哪裡去……
「唔，嗯。」

即使對象是朋繪，奈奈依然明顯保持距離。

就這麼洋溢微妙的緊張感找了三十分鐘，卻沒找到水母吊飾。太陽西下，愈來愈難找了。

三人交情不算好，所以籠罩他們的氣氛也逐漸達到極限。

咲太覺得或許該就此打住的這個時候，站在海岸線的他看到一個發亮的物體。

潮水退去，落在溼透的沙灘上的物體，正是水母吊飾。

「找到了！」

他不禁大喊。

「真的？」

朋繪與奈奈跑過來。

咲太本來要撿，卻因為海浪打過來而暫時撤退。視野一角映出一個衝向海面的人影。

「啊，古賀同學！」

奈奈還來不及阻止，朋繪就將雙手插入海面。下一瞬間，一個特別大的浪襲向低頭蹲下的朋繪，直接打在她身上。

「嗚哇！」

嚇到的朋繪失去平衡一屁股跌坐在地。全身溼透了。

「喂，沒事吧？」

咲太問完，朋繪便掛著笑容轉過頭。

「沒事！」

她拿起吊飾給咲太看。剛才那句話是在擔心朋繪，但她似乎沒聽懂。

「古賀同學，妳沒事嗎？」

怎麼看都不算沒事，肯定連內褲都溼透了。白色襯衫也溼得緊貼身體，透出內衣與肌膚。

咲太沒脫鞋就走進海裡拉朋繪起來，腳陷進沙子裡的朋繪緊抓著咲太。

「唔喔，放開我！會溼掉啦！」

「這時候應該開心吧？」

「妳眉毛都花了，講這種話也……」

「哇，不准看！」

朋繪遮住臉。但她還有其他非遮不可的部位。

「內衣也透出來了，最好遮一下喔。」

「啊～～手不夠！」

「不介意的話，我的手可以借妳遮。」

朋繪思索片刻。

「喂，當然不行吧！」

看著這樣的咲太與朋繪，奈奈笑出聲來。

3

和朋繪約會的隔天……六月三十日星期一平安來臨。

或許再也不會重複同一天了，或許思春期症候群解決了。

咲太一邊思考這件事一邊上學，在江之電藤澤站的月臺湊巧和朋繪走在一起。

周圍也有不少峰原高中的學生，咲太總不能假裝素昧平生。兩人是「學長以上，戀人未滿」的關係，應該進行相應的男女互動。如此心想的咲太主動搭話。

「古賀，一起走吧。」

「嗯。」

朋繪點頭回應時的聲音沙啞，聽不太清楚。

咲太看向她低著的頭，發現她的臉莫名地紅。

「感冒了？」

原因應該是昨天在海邊成了落湯雞吧。在那之後，兩人也不能搭電車，回到藤澤大約三公里

的路程是滴著海水走回來的。

雖然是夏天，不過似乎終究太大意了。

「完全沒問題。」

朋繪眼神空洞，和說出口的這句話完全相反。她一直低著頭，似乎連抬頭看咲太的力氣都沒有，看來連呼吸都很辛苦。

「看起來一點都不像沒問題喔。」

咲太伸手按住她的額頭。是熱的，很熱。如果是咲太，這個體溫會讓他樂於請假。不過電車進站之後，朋繪毫不猶豫地上車。

總之先讓朋繪坐在空座位上。

「下一站下車回去吧。」

「不要。」

如同孩子的回應。

「這麼喜歡上學？」

「要是請假，就跟不上大家的話題了。」

「也才一天啊。」

「光是一天就會致命。」

看來她過著無法放鬆的每一天。

「那妳在到站之前睡一下吧，我會叫妳。」

「謝謝。」

朋繪率直地道謝之後，安心般閉上雙眼。

總之，咲太將朋繪帶到學校了。只是她連在校舍入口換室內鞋都換不好，所以咲太二話不說帶她到保健室，將她交給保健老師處理。

「叛徒～～！」

離開保健室時，這句沙啞的怨言傳入耳中，咲太當然不予理會。

到了午休時間，咲太溜出學校前往附近的便利商店，在老師發現之前買完東西迅速返回，然後到保健室露面。

玲奈、日南子與亞矢三人聚集在朋繪躺的病床周圍。

察覺到咲太入內的三人留下揶揄的笑聲，說著「請慢聊」之類的話便離開了保健室。

老師不在保健室裡，大概是有事外出。

因此，只剩下咲太與朋繪兩人。

「好一點了嗎？」

咲太拿張圓凳放在床邊坐下。

「嗯。」

朋繪輕聲回應，聲音比早上有力。

「要吃橘子罐頭嗎？」

便利商店購物袋「咚」一聲放在病床附設的桌上。

「上課時間外出違反校規喔。」

「所以妳不吃嘍。」

咲太從袋子裡取出橘子罐頭。

「要吃。」

朋繪伸手過來，咲太靈巧地將罐頭拿開。

「等一下。」

「為什麼啊～～是為了我買的吧～～？」

咲太從便利商店購物袋裡拿出裝在塑膠容器裡的碎冰塊。

「冰塊？」

朋繪歪過腦袋。咲太無視她的疑問，將冰塊放進水裡，再將罐頭泡在冰水裡，以固定速度轉動罐頭。

「學長，你在做什麼吶？」

咲太在模仿理央之前用過的瞬間冷卻法。

經過約兩分鐘，咲太取出罐頭打開，然後終於放在朋繪面前。

「如果妳喜歡用餵的，我可以餵妳喔。」

「這樣不方便吃，不用了。」

朋繪以便利商店免洗叉吃了一塊。

「啊，好冰涼。」

朋繪愉快地露出微笑，咲太目不轉睛地看著她。

「別看我吃啦。」

她這麼說。

「為什麼？」

「會不好意思。」

「這就真的要問了。為什麼？」

疑問加深，但咲太沒興趣讓虛弱的學妹為難。他站起來稍微打開窗戶。

海潮味吹進冷氣很強的保健室。

「啊～～海的味道。」

朋繪沐浴在自然風中，舒服地閉上雙眼。

就這麼享受了一陣子。

「學長。」

她開口了。

「嗯？」

咲太將上半身探出窗外回應。

「為什麼願意接受我這個胡來的請求？」

「妳是說『學長以上，戀人未滿』這件事？」

「就是『學長以上，戀人未滿』這件事。」

七里濱的海面上有許多衝浪板正在和海浪嬉戲。

「因為妳拚命拜託我。」

「你明明幾乎不認識我啊。」

「我們是互踢屁股的交情吧？」

「真是的，我很認真地問你耶。」

咲太轉頭往後一看，朋繪鬧彆扭含著叉子。

「不過，當時我覺得妳這個傢伙不錯。」

朋繪以為女童被變態騷擾，狠狠踢了咲太的屁股一腳。雖然是誤會，但這種勇敢的行動不是任何人都做得到的。朋繪這樣的作風，在昨天尋找米山奈奈遺失的吊飾時也徹底發揮了。

「所以才願意幫我？」

「此外，老實說，妳很可愛。」

「又在亂講話了。」

「如果妳很醜，我不曉得會不會照樣這麼做。男生都這樣。」

「……學長會這麼做喔。」

朋繪輕聲說了些什麼，但咲太決定當作沒聽到。

「我沒有親切到對任何人都親切。」

「不過相對的，學長對一部分的人很親切。」

「當然啊，我也希望有些人認為我是好人。」

「是喔……」

朋繪似乎還沒能接受，卻也沒有要追究的樣子。她吃完罐頭裡的橘子之後，一口氣喝光剩下的果汁。

「古賀，妳有喜歡的對象嗎？」

「咦？」

咲太突然這麼問，朋繪明顯感到驚慌失措。

「為……為什麼問這種問題？」

「要是妳有暗戀對象，妳和我交往的消息傳開會很困擾吧？」

「沒有，所以沒關係。」

「有意思的對象呢？」

「也沒有。」

「是喔～～真可惜。」

「我現在也沒那個餘力。」

「畢竟朋友推薦的影片都非看不可呢。」

「這種講法感覺好差。」

「妳會這麼認為，是因為對自己抱持疑問吧？」

「這是怎樣？」

「如果安於現狀，妳就不會在意我這麼說。」

「……」

朋繪一度以沉默承認。

「會在意。」

但她還是這麼說。

「我會在意別人的想法，現在也很在意教室裡的大家對於我待在保健室怎麼想。」

「妳真的自我意識過剩呢。」

「是學長有問題。大家以奇特的眼光看你，把你當笑柄，為什麼你還敢來學校？為什麼活得下去？沒神經。」

「妳居然敢當面問我這麼過分的問題耶。」

「唔，抱歉。」

「我不會受傷，所以算了。」

「那我收回歉意。」

如此低語的朋繪對咲太投以隱含正經態度的視線。她以眼神訴說希望咲太好好回答問題。

咲太不得已，看向窗外，自言自語般編織話語。

「因為我活著並不是為了討好全世界的人。」

「我希望大家喜歡我……應該說，不希望大家討厭我。」

「我只要有一個人就好，只要這個人需要我，我就活得下去。」

咲太打開自己要吃的便利商店飯糰，包好海苔送進嘴裡。一邊看海一邊吃的午餐很好吃，光是這樣就值得就讀這所學校。

「即使被全世界討厭？」
「這樣比較幸福吧？」
「是嗎？」
「總之，妳遲早會懂的。」
咲太不負責任地扔下這句話，結束這段愈來愈令人難為情的對話。
「架子擺這麼高，真讓人火大。」
朋繪幼稚地鼓起臉頰。咲太輕聲笑她，她的臉頰就立刻消氣，大概是察覺這正是她被當成小女生的原因吧。
朋繪第一天打工時，咲太以為她是有點笨拙的後輩，不過像這樣交談就知道她確實有聽懂咲太話中的含意，不論表裡。
應該說，朋繪總是繃緊神經注意周圍，以免漏掉任何東西。講好聽一點是察言觀色，講難聽就是太在意氣氛。而且她會配合氣氛選擇自己的行動。她化妝、換髮型以及注意衣著就是典型的例子。
這次假扮情侶的事件也是。
她以這種做法避免和周圍起衝突，甚至迴避小小的摩擦，高明地活在這個世間，努力避免引發風波。說起來，她總是注意避免發生問題。

這是咲太學不來的生活方式，肯定很累。

「學長，你是不是在想什麼失禮的事？」

「不，沒有。」

「果然在想。」

「應該相反喔。」

「什麼意思？」

咲太無視這個問題，問朋繪另一個問題：

「古賀，如果妳和玲奈這個朋友喜歡上同一個人，妳會怎麼做？」

咲太不用聽回答就能想像。之所以刻意問這個問題，是希望朋繪自己察覺。

在這個世界上，有些摩擦是無法避免的。有些摩擦要是迴避了，將會逐漸磨損自己。

「我絕對不會對玲奈說我們喜歡同一個人。」

「如果和日南子這個朋友喜歡上同一個人呢？」

「不會說。」

「如果是亞矢這個朋友呢？」

「不會說喔。」

「然後，妳會擅自放棄。」

「我想應該會吧。」

「我就知道。」

「那就別問啦……」

還來得及決定放棄、斷然放棄的話還好。如果只是這種程度的情感，這麼做也無妨。但問題在於遇到無法這樣割捨的情感該怎麼辦，以朋繪現在的回答恐怕找不到出口。咲太在這裡感受到朋繪的危機。

「妳這個小鬼。」

「別……別把我當小孩子啦！」

「會講這種話就代表妳是孩子吧？」

「唔……啊，對了，學長，聊這個讓我想到……」

「嗯？」

「結果，你和櫻島學姊怎麼樣了？」

「等待回覆。」

「咦？還沒被甩？」

「如果沒發生那個輪迴現象，她那天午休早就答應和我交往了。」

「不會吧？」

「真的啦。」

「絕對是假的。」

「為什麼不相信……」

「因為是櫻島學姊耶，藝人櫻島麻衣耶！是那位櫻島麻衣耶！」

「是啊。」

「櫻島學姊說她喜歡你嗎？」

朋繪以疑惑的視線這麼問。

「這……她沒說。」

「看吧，那就是學長多心了。」

咲太確實沒聽麻衣親口說過「喜歡」，這是事實。咲太希望麻衣這麼說，這也是事實。這樣就能確定彼此的關係。

因為朋繪莫名點出這一點，咲太變得特別在意。麻衣真的喜歡咲太嗎？持續表白一個月，最後遭到相當不在乎的對待，表白也曾被當成耳邊風，所以感覺麻衣似乎是不得已才答應交往的。

想到這裡，咲太內心就留下一絲不安。

「下次表白的時候，我會努力讓她這麼說。」

「絕對會被甩的。」

朋繪依然不願意相信。

「哎，無論如何，得先過完第一學期。」

在第一學期成功騙過全校學生。

要是沒能通過這一關，咲太與朋繪都沒有光明的未來。

「……嗯。」

幸好玲奈她們看起來沒察覺這個謊。照這樣子來看，這邊的事大約三週後會平安落幕，只是咲太完全無法掌握前澤學長的動向。

無論咲太與朋繪正在交往的謊言是否穿幫，要是玲奈得知前澤學長向朋繪告白或是對朋繪有意思，那麼一切都完了，甚至不能讓玲奈知道朋繪是前澤學長的目標。

現狀還不能樂觀以對。

4

隔天星期二，下個月七月的第一天。昨天發燒依然來到學校，結果整天都在保健室度過的朋繪，今天大概是終於認命了，請假沒上學。

即使如此，她到週三就完全康復。到了午休時間，她拿著桃子罐頭到二年一班教室。

正在教室吃午餐的學生們投以「為什麼是桃子罐頭？」的視線。

大概是週一送橘子罐頭到保健室探病的回禮吧。

「就因為是蜜桃臀？」

咲太明知原因，卻刻意消遣朋繪。

朋繪立刻以雙手遮住屁股。

「禁止變態。」

朋繪噘嘴表達不滿。

「今晚就把這個當成古賀好好享用吧。」

咲太進一步捉弄朋繪，朋繪隨即伸手過來，從咲太手中搶走桃子罐頭。

「豬……豬頭～～！」

朋繪害羞臉紅，逃離教室。

「終究太過火了嗎？」

下次開玩笑就好好維持在底線吧。

不少視線集中在咲太身上，女生傳來「性騷擾，真不敢相信」的侮蔑情緒，男生則是「居然打情罵俏」的嫉妒感。咲太和朋繪在一起，他們似乎沒有大驚小怪。

不愧是新網路時代，看來兩人的傳聞順利滲透到校內各處。

這天，朋繪放學後依然沒恢復心情。由於班表相同，兩人會在打工的連鎖餐廳共事，但她只要在工作時撞見咲太，就會擺出遮屁股的動作用力瞪過來，簡直像在看殺父仇人的眼神……只是說來遺憾，咲太一點都不覺得恐怖。

到了晚上八點多，這天的晚餐尖峰時間已過。上門的顧客減少，入座的顧客已經點完餐，料理也大致上齊了。

咲太站在收銀台前面時，朋繪主動接近。

「我想對學長說一件事。」

「我自覺早上講得太白目了。」

「關於這一點，我已經放棄了。」

「不然是什麼事？」

「……」

仰望咲太的朋繪有種非同小可的緊張感。

大概是要講什麼重要的事吧。咲太有這種感覺。

「我的屁股沒那麼大。」

不過，從朋繪口中說出的是屁股的話題。

「又來了～～少謙虛了。」

咲太安慰般輕輕將手放在朋繪肩上。

「這種回應很奇怪！」

「多點自信吧。」

「什麼自信？」

「蜜桃臀的自信。」

「就說了，明明不是啦！」

「不不不，沒那回事喔。」

「真是的，算了！不跟學長說話了。」

朋繪大步離開，看來這次真的惹她生氣了。

然而一分鐘後，朋繪接了沒接過的酒精飲料點單，主動戰戰兢兢地前來詢問。

「啤酒要怎麼點？」

朋繪渾身不自在，像是做了虧心事。

「……」

咲太假裝沒聽到，幫飲料吧補充玻璃杯。

「不要不理我啦。」

朋繪輕拉咲太的圍裙。

「……」

「拜……拜託，請教我。」

她似乎快哭出來了。

「我……我會對屁股有自信。」

咲太聽到這句話，終於和朋繪四目相對。

「蜜桃臀也是？」

「承……承認就行了吧！我是蜜桃臀！」

已經完全自暴自棄了。

「這樣啊，那就沒辦法了，我教妳吧。」

「學長惡整人家啦～～！」

咲太就像這樣捉弄朋繪，後來一起在九點多下班。咲太送朋繪到住家附近再返抵家門時是九點半。

楓剛好洗完澡，咲太隨後入浴，洗掉一天的汗水。

洗得全身清爽之後走出浴室。

他就這麼只穿一條內褲，從冰箱取出運動飲料，一口氣喝掉一杯。一股沁涼流入暖和的體內好舒服。咲太原本就喜歡這個牌子的運動飲料，現在麻衣又拍了廣告，感覺美味的程度上修了，每次喝都會想到麻衣。

麻衣這週到鹿兒島拍連續劇。

已經晚上十點多了，她還在拍片嗎？還是回旅館休息了？咲太完全無法想像演藝圈的狀況。

咲太又倒了一杯運動飲料，這次慢慢分三口喝。

喝完飲料，將杯子洗乾淨放在瀝水籃的時候，電話響了。

咲太以毛巾擦手之後拿起話筒。

「喂，梓川家。」

『是我。』

咲太聽到聲音的瞬間就認出是誰。

「麻衣小姐，怎麼了？」

『想說咲太大概想聽我的聲音，我就打電話了。』

「我現在正在想麻衣小姐。」

『你穿著內褲吧？』

看來她完全朝另一個方向誤會了。

『咲太拿我做這種事也是難免，不過……』

她好像斷定咲太正在做那檔子事。

「我沒脫光，至少有穿內褲啦。」

『啊？為什麼只穿內褲？』

「我剛洗完澡。」

『這是怎樣？好普通。』

普通錯了嗎？

「在慾火難耐輾轉難眠的晚上，可能會受到麻衣小姐的照顧。」

『好好好，隨便你吧。』

還以為她會害羞，卻很乾脆地一語帶過。

『你那邊怎麼樣？』

「還能怎麼樣，真的就是普通啊。」

『和可愛女友的約會玩得開心嗎？』

「總之，還算開心。」

朋繪的反應很新奇，看得很愉快。

『是喔～～』

麻衣的聲音聽起來相當不是滋味。

「剛才的問題，我要怎麼回答才正確？」

『比方說現在立刻衝出家門，來鹿兒島見我？』

「到時候，我可以抱緊妳嗎？」

『這我會倒胃。』

厭惡感刺進鼓膜。看來她真的很抗拒。

「麻衣小姐呢？除了拍戲還做了什麼？」

『吃了白熊。』

「妳是肉食系耶。」

『是刨冰啦。』

「其實我知道。是加上水果的鹿兒島著名冰品吧？」

『無聊。』

女王大人挺不講理的。

即使如此，她的聲音聽來依然愉快，有些按捺不住情緒。大概是接到喜歡的演戲工作而感到亢奮吧。

「麻衣小姐，拍戲開心嗎？」

『開心啊。』

毫不猶豫的率直感想。

『咲太將來想做什麼工作？』

「平凡高中生不會想到工作的問題。」

『真可惜。』

「總之，將來想當聖誕老人吧。」

『因為一年可以休三百六十四天？』

「被發現了？」

『講蠢話會變成蠢蛋喔。那麼，晚安。』

「啊，好的，晚安。」

咲太等麻衣掛掉電話之後，放下話筒。

5

到了週末，氣象廳公布關東地區梅雨季結束，夏季終於來臨。接下來會正式變熱，下週即將開放的海岸周邊也忽然注入活力。

看得到好幾組提前來玩的悠閒大學生團體，在七里濱享受海浪的衝浪手也與日俱增。

在適合藍天大海的這個爽朗季節，咲太與朋繪的灰色謊言也順利繼續。兩人維持剛開始交往應有的保守距離巧妙相處。

不會硬是形影不離，每天上下學也是時間配合得上才一起走。大致是這種感覺。朋繪注意以友誼為優先。

咲太與朋繪的這層關係確實傳遍校內，咲太每天都感受到同學想問話的視線。只不過，盡顯看好戲個性前來詢問咲太的勇者連一個都沒有。

咲太與朋繪當然沒被質疑是「假情侶」。

這也是當然的。一般來說，沒人認為同學會像這樣欺騙旁人，也不會熱心驗證傳聞的真假，只抱持某種程度的興趣旁觀。老實說，在這個狀況，咲太很感謝這種適度的冷漠。

多虧如此，不用擔心謊言會穿幫了。

不過，咲太心中還有另一個完全不同的不安要素。

推測由朋繪引發的思春期症候群還沒找到決定性的解決方法。

因此，咲太每天早上起床都要以床邊的數位時鐘確認日期。這逐漸成為例行公事。

從六月二十七日到現在，沒有任何一天反覆來臨，但是不曉得何時又會發生這種現象，所以咲太實在靜不下心。

而且，直到這週結束的七月五日，咲太依然無法拭去這份不安。脫離時光輪迴的現象剛好滿一週了。

咲太等到放學後，造訪物理實驗室。

「雙葉，妳在嗎？」

咲太一邊詢問一邊拉開門。

咲太在窗邊看到白袍的背影。理央正在和站在窗外的某人講話，講話對象是T恤加五分褲的運動服打扮。是佑真。他手上拿著籃球，大概是正要參加社團活動吧。

咲太一來，理央與佑真就同時轉頭看向門口。

「抱歉，打擾兩位了。」

咲太來回看向兩人，然後轉身關上門。

雖然想來找理央商量思春期症候群的事，不過看來改天比較好。咲太如此心想時，門從內側用力拉開。

轉頭一看，是難得慌張的理央。

「梓川是笨蛋嗎？你是笨蛋嗎？」

理央連珠砲般輕聲罵咲太，不時在意佑真的視線。佑真正以指尖俐落地轉著籃球。

「應該比雙葉笨吧。」

「不要用這種奇怪的方式顧慮我，國見會發現。」

「如果這樣就會發現，我覺得那個傢伙早就發現妳的心意了。」

即使如此，他現在也很可能是假裝沒發現。

「這就……傷腦筋了。」

理央以幾乎聽不到的聲音說完低下頭，肌膚愈來愈紅。

繼續捉弄理央感覺很可憐，所以咲太留下她進入教室。

「我們正在聊你喔。」

咲太走到窗邊，佑真就對他這麼說。

「兩人居然講我壞話，真過分。」

「你真的在和古賀學妹交往？」

佑真沒理會咲太的玩笑話，直截了當地詢問。

「真的。」

「真的嗎？」

「其實比較像是還在試用期。」

「是喔～～」

佑真一副無法釋懷的態度。遲一步來到旁邊的理央也讓咲太隱約感受到質疑的視線。理央對這件事肯定心裡有數。畢竟咲太找她討論過思春期症候群，上次也告訴她「拉普拉斯的惡魔」是朋繪。

即使如此，理央依然沒追問。

「總之，既然這樣，你姑且聽一下吧。」

佑真讓籃球在地上咚咚彈跳幾下。

「古賀學妹她啊……」

聽得出佑真有些欲言又止。

「怎麼了？」

「有些不好的傳聞。」

「比方說挑男人的眼光很差？」

考量到咲太的校內評價，朋繪或許會被這麼說，雖然相關傳聞在一年級之間似乎繞了一圈，不過二、三年級還是沒能完全放下「送醫事件」的傳聞吧。只要被貼上這種標籤一次，即使後來撕掉，也會留下黏膠之類的痕跡難以去除。

「像是來者不拒，到處亂搞，整天和你做那種事之類的。」

佑真稍微壓低音量，大概是顧慮到理央吧。理央似乎察覺這一點，沒有積極加入對話，而是維持不經意旁聽的態度。

「這是怎樣？」

這些傳聞，咲太都是第一次聽到。

「我也是看男籃社群組聊天才知道的。」

咲太聽他說完莫名可以接受。

「咲太，你在打工的時候問過陽介學長的事吧？」

佑真的視線也暗藏玄機，暗示這些傳聞的來源。

「女生在教室裡也在聊這件事喔。」

理央隨口補充。

也就是說，這些傳聞已經在校內傳開了。

居然又變成這種棘手的狀況……咲太心想。如今咲太不會在乎別人怎麼說他，但朋繪肯定會在意吧。

「我姑且告訴你了喔。」

「嗯。」

咲太舉手回應之後，佑真說「我去社團活動了」輕盈地前往體育館。理央的目光不經意追著他的背影。

咲太覺得不應該礙事，所以轉身背對窗戶，拿出酒精燈以火柴點燃，將水倒入量杯煮沸。

要是朋繪的傳聞繼續傳開，最好處理一下。

「梓川，你在做什麼？」

回神一看，理央隔著桌子和他相對。

「我想先喝杯咖啡鎮靜一下。」

「我不是問這個，櫻島學姊呢？」

「粉在哪裡？」

咲太拉開講桌下面的抽屜，卻沒看到類似的東西。

「意思是要我別問？」

拉開旁邊的抽屜，就找到即溶咖啡粉的瓶子了。

「哎，算了……所以，你是來做什麼的？」

「後來沒有任何日子重複，所以到最後，我猜不透究竟是怎麼回事。」

水燒開了，所以咲太熄滅酒精燈，直接將即溶咖啡粉倒入量杯。透明液體緩緩染黑。

「那麼，應該和你說的一樣吧。」

「嗯？」

「現在成為你女友的那個一年級學妹，是拉普拉斯的惡魔。」

理央講得拐彎抹角，看來她果然察覺這是假的情侶關係。

「那個一年級學妹一直在擲骰子，直到擲出順心如意的未來。」

理央不知道從哪裡拿出一顆骰子在桌上扔，依序扔出「5」、「4」、「2」。

「現在是滿意的狀態，所以沒必要重來。」

扔出紅色的「1」之後，理央就不再擲骰子。

「但她本人沒自覺就是了。」

「她如果有自覺，或許是真正的惡魔喔。」

「你真敢說。」

咲太淺嚐一口咖啡。好苦。

「總覺得你好像希望輪迴現象再度發生呢。」

理央取下眼鏡，不經意般這麼說。

「如果再也不會發生，我希望有人可以告訴我。如此而已。」

「你有什麼事想重新來過嗎？」

理央這個問題無視於咲太的發言。她從一開始就是想問這件事才提出這個話題的吧。

「……」

「原來如此，有啊。」

「雙葉，妳曾經希望某些事可以重來嗎？」

「對你來說，是你妹妹的事嗎？」

咲太想含糊帶過，理央卻不甚體貼。大概是咲太最近拿佑真的事捉弄她，她才藉此洩憤吧。

「沒錯，不行嗎？」

「不是不行，但這樣或許不像你的作風。」

「我並不是真的想重新來過。」

「不然是怎樣？」

「思考『如果』之類的事也沒用，所以我希望不用去想。如此而已。」

「原來如此，這樣就很像你的作風。」

「因為我光是活在當下就已經沒有餘力。像是『回到過去』這種不同的可能性，如果要我逐一考慮，我會覺得煩。」

理央無視於咲太這番話，準備起瓦斯噴槍。

咲太以手指輕彈桌上的骰子。結果是「3」。

「我說啊，雙葉……」

「什麼事？」

點火的理央一副嫌煩的樣子。看來她已經問完自己想問的事，所以對咲太沒興趣了。

「不只是在運動社團鍛鍊過，體格還比我高大的傢伙，妳覺得我有什麼方法能勝過他嗎？」

「……」

理央暫時停下動作，眼神透露些許驚訝，卻緩緩以無奈的情感塗抹取代，最後哼笑一聲。

「這不在我擅長的領域。」

「我想也是。」

調整氣流的噴槍火焰由紅轉藍。

「不過……」

「嗯？」

「人不是猴子，所以應該可以智取吧？」

實在是很像理央作風的回答。

第四章

將所有謊言獻給妳

1

週末的星期日。咲太晚上打工回家，發現電話有留言。

「是誰啊？」

分居兩地的父親嗎？

如此心想的他按下按鍵。

『我是櫻島麻衣，剛才從鹿兒島回來了，姑且向你報告一聲。』

錄音來自不同於預料的人物。麻衣的態度很客氣，和平常不一樣，感覺非常新奇。

咲太再度播放。

『我是櫻島麻衣，剛才從鹿兒島回來了，姑且向你報告一聲。』

電話努力播放麻衣的聲音給他聽。

正想再按一次播放鍵的時候……

「聽三次會被電話嫌煩吧？」

咲太自己察覺這一點而收手，改為拿起話筒，撥打已經記下來的麻衣手機號碼。鈴響三聲就接通了。

『哪位？』

「是我。」

『我知道啦，畢竟我登錄你家的電話號碼了。我現在正要洗澡。』

麻衣嫌煩般單方面說她想說的話，看來是要求咲太別在這種時候打電話。少女心真複雜。

「也就是說，麻衣小姐現在全裸？」

『是的話就不接電話了。』

「為什麼？」

『光溜溜和男生講電話，根本是變態吧？』

聽她這麼說就覺得沒錯。咲太不希望麻衣是這種色女。

『所以，什麼事？』

感覺簡短的話語背後是「我想趕快洗澡」的意思。

「麻衣小姐，歡迎回來。」

『……』

聽得到有些不知所措的嘆息聲。

『就這樣？』

「我想聽的是另一句話。」

『我才不會對你講「我回來了」。』

剛才那樣不算是講了嗎？咲太覺得算，但麻衣似乎覺得不算。

『再見。』

咲太思考這種事的時候，電話被掛斷了。這位小姐行事依然隨性。

反正再打給她也不會接，所以咲太乖乖放下話筒。已經確認麻衣平安返家，所以充分達成目的了。

隔天，進入新的一週的星期一，七月七日。這一天也是七夕，從早上就是萬里無雲的晴天。

咲太一邊吃早餐，一邊打開電視。

『看樣子，牛郎與織女應該會順利相會吧。』

成為晨間招牌的男主播說著這種貼心的話語。

接下來是氣象預報，氣象姊姊掛著笑容說明各地氣溫已經上看三十度。光是聽到就令人失去幹勁的情報。

能被允許的話，好想蹺課。不過咲太有個不被允許蹺課的理由。期末考偏偏是從今天開始。

數學與英文考試等待著忍受酷熱上學的咲太。他將數學考卷的空格填滿了，但英聽完全沒聽懂。將來要找不需要英文的工作——咲太暗自下定這個決心之後放學回家。

或許沒辦法當聖誕老人了。

通往車站的短短通學路，因為峰原高中的學生而熱鬧不已。今天回程路上比平常擁擠，這是因為現在正值考試期間，沒有學生在放學後留下來進行社團活動。

咲太走出校門，立刻發現熟悉的背影。

將背帶放長遮住屁股的背包。是朋繪。

她一副不自在的樣子低著頭，獨自垂頭喪氣地前進。平常總是在一起的玲奈、日南子與亞矢大約在她前方十公尺處發出笑聲。

因為某些事而晚來的朋繪不敢現在才和大家會合。感覺玲奈她們明知朋繪在那裡，卻假裝沒發現。

朋繪和玲奈她們的距離是刻意使然。

率先浮現在咲太腦海的，是上週五聽佑真說的那番話。

——有些不好的傳聞。

佑真以此做為開場白。

——像是來者不拒，到處亂搞，整天和你做那種事之類的。

接著，他這麼說了。

七里濱車站的小小月臺擠滿峰原高中的學生。

開往藤澤方向的車頭側，朋繪一副愧疚的樣子站在月臺邊緣。周圍的學生們和朋繪保持一小段距離，感覺像是立起一道無形之牆。明明處於相同的空間，卻只有朋繪籠罩不同的氣氛。

咲太拿起月票進入月臺，無視於集中過來的視線，移動到朋繪身旁，握拳輕敲她的頭。

「別露出這種讓人煩躁的表情。」

「學長……」

朋繪一度抬頭，卻在意旁人而立刻再度低下頭。

咲太和她會合之後，集中過來的視線變得不客氣了。就算這麼說，也沒有露骨地看過來，幾乎都是想確認傳聞真假般不時窺探。

適度嘲笑，拿傳聞說笑，瞧不起脫序者般的諸多視線。

對於咲太來說，這已經是家常便飯，不痛不癢。但朋繪在他身旁拘束地縮起身體。

稍微看向下方的側臉被無地自容的情緒支配，好想逃走的由衷願望強烈傳達給咲太。

不安的雙眼看起來隨時會掉淚。

朋繪最怕的就是遭受這樣的注目。為了避免陷入這種狀況，她拚命察言觀色做出適當反應，滿心不願遭遇丟臉的下場，甚至扮演假情侶。

就像要對朋繪落井下石般，後方傳來露骨的笑聲。

朋繪身體顫抖，做出畏懼的反應。

感覺骨子裡一陣煩躁的咲太轉身一看，後方是三個掛著討厭笑容的三年級男生。吊兒郎當的氣息，三人的腰際都掛著褲鏈，位於中央的是前澤學長。

他和咲太目光相對，就裝模作樣地笑了。

「最近的一年級精力真充沛呢。」

他以其他學生也聽得到的音量向身邊的兩人說話，視線也不忘對咲太挑釁。

這種找碴方式相當陽春，反倒很有趣，所以咲太回以一聲哼笑。禮尚往來是身為一個人應有的禮儀。

「啊？」

前澤學長的表情明顯變得凶惡。他釋放不悅又懾人的情緒，一步、兩步走向咲太。

「你剛才笑了吧？」

「我現在也還在笑，怎麼了？」

「你在胡鬧嗎？」

他用力揪起咲太的衣領怒喝。

「我只是在瞧不起學長。」

月臺深處的某人「噗」地笑出聲音。

下一瞬間，重重的拳頭打在咲太臉上，響起沉重的聲音。咲太踉蹌後退兩三步。

「呀啊！」

這應該是朋繪的尖叫聲。

眼前一片白，左頰沒有知覺。

數秒後，火熱的痛楚一陣陣刺激臉頰。比咲太高約五公分又在籃球社鍛鍊的身體揮出的拳頭威力超出預料。

「好痛……」

擠滿峰原高中學生的車站月臺倒抽一口氣般鴉雀無聲，異常的緊張感統治這個空間。

前澤學長高舉拳頭，想再給咲太一拳。

「學長！」

隨著這個聲音，朋繪嬌小的身體介入咲太與前澤學長之間。

「笨蛋！」

咲太連忙抓住朋繪的背包往後拉，以反作用力和朋繪交換位置。

大概是被朋繪的行動嚇到，前澤學長就這麼舉著拳頭僵住。

場中圍觀人群的視線依然集中在這樣的三人身上。

咲太剛開始想忍耐，然而臉頰的痛楚遲遲沒消失，煩躁情緒湧上心頭。這股熱度逐漸支配咲太的身體。

「學長……」

朋繪擔心地拉著咲太的衣袖。看到她泫然欲泣的表情，就覺得忍氣吞聲是很蠢的事。

咲太的腳步大幅往前踏，使盡力氣揮動手臂。

前澤學長立刻舉起雙手擺出防禦的姿勢，腳邊因而門戶大開。咲太以鞋尖踢向他毫無防備的小腿。

「咿！」

夾雜驚訝與劇痛的呻吟。前澤學長立刻抱著咲太踢中的右腳當場蹲下。

「你！太卑鄙了……」

散發凶光的雙眼蘊含憎恨。

「卑鄙的是你吧！」

這次咲太瞄準臉部，以鞋底用力踢出第二腳。毫不留情的一踹漂亮命中前澤學長的臉。

「噗嘿！」

前澤學長甚至無法做出防護措施，淒慘地一屁股跌坐在月臺上倒下。

瞪向咲太的雙眼因為羞恥、憤怒與屈辱而染成通紅。

沒人說話。對於映入眼簾的光景感到驚訝，還不知道該如何反應。現場氣氛在等待咲太率先開口。

咲太不想回應這份期待，但還是說出前澤學長最不想被說的話語。

「好遜。」

部分群眾開始嘈雜，聽得到偷笑的聲音。

「誰在笑！是誰？」

前澤學長似乎氣到腦袋不靈光，再等也等不到他說下一句話，嘴巴像金魚反覆開合。

和前澤學長在一起的兩個三年級男生代替他緩緩接近咲太。

咲太無視於兩人，向前澤學長搭話。

「最好洗個臉喔。」

「啊？」

「因為我昨天踩到大便。」

前澤學長連忙以手擦臉，聞手上味道的這個動作又使得其他地方傳來笑聲。

原本想對咲太動手的兩個三年級男生停下腳步，和咲太保持距離。大便防護罩無敵。

看向周圍，也有人在滑手機。大概是在將眼前發生的事寫在社交網站，或是發簡訊告訴不在這裡的朋友吧。

在這樣的人群中，玲奈啞口無言地看著這裡。旁邊的日南子不知所措，亞矢試著安撫她。

「胡……胡鬧！」

前澤學長終於起身。

「胡鬧的是你吧？如果不希望自己被圍觀就別做蠢事。你的行徑有夠遜。」

「胡鬧！」

「這你剛才就說了。」

「……」

前澤學長沒說其他話語，看來語言回路依然故障中。他只像是壞掉的喇叭連續喊著「胡鬧，胡鬧」。

「學長，夠了。」

不知何時，朋繪抓著咲太的制服後面一臉為難。前澤學長被其他學生以討厭的方式注視，所以她在擔心。朋繪自己不喜歡受到眾人注目，所以也討厭別人遭遇相同的狀況。

即使如此，咲太依然不作罷，繼續說下去。

「不，有件事我一定要說。」

咲太再度注視前澤學長。

「整天做那種事？胡說八道，我是處男。」

咲太放話般如此告知之後，牽著朋繪離開車站。隨著一步步遠離車站，步調愈來愈快，回過神來已經在跑了。

並不是認為前澤學長會追過來。

咲太與朋繪都忍不住用跑的，大概是心情亢奮吧。快樂的心情湧上心頭。兩人不知道為什麼快樂，不過剛才的狀況令他們內心振奮。

「學長，你做得太過火了。」

「管他的。」

「絕對做得太過火了啦。」

即使奔跑的朋繪這麼說，臉上也一直掛著笑容。

海浪聲。風聲讓高亢的心情逐漸平穩。

心中漆黑污濁的部分也塗改為晴朗的色彩。

海邊就是有這種神奇的力量。

逃離車站的咲太與朋繪在七里濱的沙灘上往西走。看似漂浮在海上的江之島逐漸接近。

「學長也來吧？」

朋繪脫掉鞋襪，在海岸線和浪濤嬉戲。咲太距離她大約兩公尺，選擇海浪勉強打不到的路線行走。

「是誰讓我拿著鞋子的啊？」

朋繪留在沙灘的鞋襪由咲太幫忙拿著。

即使不是假日，也看得見來沙灘玩的零星人影。帶著幼童的全家福；像是大學生的集團；成年的情侶……他們在海岸線發出聲音遊玩。傳來開朗的笑聲，看來因為老天爺賞臉，所以今年首度開放的海灘令他們玩得很快樂。

「學長。」

「就說了，我不過去啦。」

「我不是這個意思。」

朋繪鼓起臉頰。

「什麼事？」

「謝謝。」

「……」

「剛才，我好開心。」

「不用客氣。」

咲太不帶情感地回應。左臉頰還在痛，帶著熱度。

「學長上次說的話，我好像有點懂了。」

「嗯？」

「即使全世界都是敵人，只要有一個人需要我就好。學長說過類似這樣的話。」

「居然說『類似』，要給我記清楚啦。」

「我覺得自己真的是學長的女友，有種被珍惜的感覺。」

風與浪將朋繪愉快的心情送到咲太耳中。

「因為我們約定過，在第一學期都要這樣演。」

當初應該是「學長以上，戀人未滿」的關係，不過如今似乎不像是「戀人未滿」了。

「一般來說，假男友不會做到那種程度喔。不會那麼珍惜我。」

「因為我秉持完美主義。」

「這是怎樣，真沒聊～」

「什麼意思？」

「學長連這個都不知道啊。」

不知為何，朋繪投以無奈的視線。

「我教你吧。」

這次是驕傲的態度。

「就是『無聊』的意思。」

「我說『完美主義』可不是搞笑啊。」

咲太沒停下腳步，和朋繪並肩繼續前進。

「古賀。」

「嗯？」

「我才要謝謝妳。如果妳剛才沒介入，我會直接被痛打一頓。」

咲太的體格和前澤學長有差距，要是連續被打兩三拳就無法反擊。

「不過，小心點啊。要是妳被打，一個不小心會受重傷的。」

「因為，我當時莫名拚了老命。」

「不愧是正義的女高中生。」

咲太說著回想起和朋繪初遇的那一天。她誤以為咲太是變態，為了拯救女童而不顧一切踢咲太的屁股。

咲太覺得這份正義感無疑是朋繪的本質。

在關鍵時刻，身體會比大腦先動。她抱持的純粹是「非得做些什麼」的熱誠。

這不是任何人都做得到的事。一般要是發生狀況，人都會畏懼卻步。

「還有，對不起。」

「什麼事？」

感覺旁邊投來疑問的視線。

「我對妳朋友崇拜的學長做出過分的事。」

「這個，怎麼辦啊～～」

朋繪掛著消沉的表情停下腳步。

波浪反覆打在她的腳邊。

「哎，即使思考也沒用吧。」

「這是學長害的吧！快想啦～～」

「我這不是道歉了嗎？」

「不負責任～～」

朋繪噘起嘴，但她肩膀突然一顫，接著從制服口袋取出手機。似乎收到了新簡訊。

「啊，是玲奈……」

注視畫面的臉上一陣緊張。

「她怎麼說？」

「她說『抱歉，我之前怪怪的』。」

「『怪怪的』是吧……」

咲太不禁笑了。

「還說『對前澤學長的幻想破滅了』。」

「那我真的是對不起她了。不過，既然光是臉上沾到大便就冷感，那她的崇拜也只有這種程度吧。」

看人只看最膚淺的表面。如果真的喜歡，即使那一瞬間多麼淒慘，肯定也沒什麼關係。因為那副淒慘的模樣也是那個人的一部分。

「她說大家在溫書準備考試，問我要不要去。」

看來解開莫名的誤會和好了。回信之後繼續傳簡訊聊天的朋繪臉上恢復了笑容。

不過，她即使將手機收回口袋，也遲遲沒有要離開海邊的意思。

「不參加沒關係嗎？」

「我回信說今天要請學長教我功課。」

「她們怎麼說？」

朋繪將手機畫面朝向咲太。玲奈、日南子與亞矢的簡訊不是文字，而是好幾張咧嘴笑嘻嘻的貼圖。

「啊，對了，學長。」

「嗯？」

「我想說一件事。」

朋繪不知為何忸忸怩怩。

「要上廁所？」

「不是啦！」

「不然是什麼事？」

「我……那個……沒做過那種事。」

「哪種事？」

咲太知道朋繪在說什麼，不過她害羞的模樣很有趣，所以咲太故意假裝聽不懂。不曉得朋繪究竟會怎麼說明。

咲太滿懷期待。

「我是處女。」

朋繪揚起視線這麼說。

咲太忍不住噗哧一聲笑了。

「笑……笑我也太過分了吧？」

朋繪抬腳潑水，咲太輕盈地躲開。

「不准躲啦～～」

「妳覺得我相信那種謠言？」

「不覺得，但我不希望你相信。」

「就算這樣，妳直接表明妳是處女，還真的是豁出去了。」

這時剛好有一對遛狗的老夫婦經過。

「別……別大聲講啦！」

「是妳自己講的吧？」

「因……因為……我想講清楚。」

「我清楚記住了。不過，我不在意這種事就是了。」

如果繼續說會沒完沒了，所以咲太扔下朋繪前進。

「啊，等我啦！」

朋繪踩出嘩啦啦的水聲追過來。

朋繪走在海岸線，咲太走在沙灘……距離沒超過兩公尺，卻也沒縮短，兩人就這樣走了好一陣子。

「不過，記得妳說妳交過男友？」

咲太掛著一絲笑容詢問。

「學長，你明知這是謊言還故意問我對吧？」

朋繪的視線像是害羞，也像是生氣。

「我覺得妳交過男友也不奇怪。」

「因為，大家都說自己國中的時候交過男友，玲奈、日南子與亞矢都這麼說過。日南子現在也還在和那個男生交往。」

「是喔……」

「可不是我主動說的哦。大家不知為何認定『朋繪應該交過』……我覺得否定也不太好，就這樣一直到今天……」

「原來如此啊～」

「而且，要是我說沒有交往經驗，感覺會被學長瞧不起。」

「妳在和什麼對象戰鬥啊？」

「不知道。」

真要說的話大概是面子，或是周圍對她有所期待的虛榮感吧。朋繪日復一日做著莫名其妙的努力，維持旁人眼中「古賀朋繪」的形象。

為了打造不被討厭的自己，每天都在戰鬥。戰鬥的對象是看不見的某種東西……如同氣氛的東西。

「那個，學長……」

朋繪踢著腳邊的浪，移動視線看向一旁的咲太。

「嗯？」

咲太一邊選擇踏腳處以免陷入沙子裡，一邊回應朋繪。

「我要怎麼向學長報恩？」

剛剛一直從一旁傳來的腳步聲停止了。

咲太走兩三步之後，也停下腳步轉身。

等待他的是朋繪嚴肅的表情。

「妳一臉正經地講這什麼話？」

「我是正經地在問學長。」

「用不著報恩啦，畢竟日本隊也順利突破分組賽了。」

前幾天，賭上決賽晉級權和強國對戰的重要賽事，日本隊漂亮獲勝。花費四年建構的組織攻擊型戰術大放異彩。

朋繪似乎依照約定，拚命為這場比賽加油。朋繪前幾天給咲太看了她當時穿上日本隊球衣，還在臉上畫國旗的照片。

「可是……」

「不滿意的話，週末陪我一趟。」

「去哪裡？」

「打工薪水發了，我想買衣服給妹妹，但我不懂流行服飾。」

「嗯……」

朋繪即使答應，依然一副不舒坦的樣子，大概是覺得這樣報恩還不夠吧。

「那麼，可以再答應我一個要求嗎？」

「什麼要求？」

朋繪迫不及待地如此回應，探出上半身。

「這場戲演完之後，和我當朋友。」

「……」

朋繪睜大雙眼，大概是咲太這番話令她意外。她立刻輕聲一笑，卻露出有點不滿的表情。

「不願意？」

「可以是可以，不過該說抗拒嗎……」

「這是怎樣？」

朋繪不知道是在意什麼，將右手放在胸口反覆張開又握緊，一副靜不下心的樣子。

「不願意就算了。」

「不。沒辦法了，我就當學長的超級好朋友吧！」

朋繪的笑容在夏季陽光下閃閃發亮。

「免了，普通朋友就好。」

「為什麼啦～～」

咲太與朋繪沿著海岸線走了兩站的距離，從腰越站搭電車。

坐下前先確認車內。和前澤學長起衝突已經過了一個多小時，在這個時段的電車裡，幾乎看不到峰原高中的制服，看來大家都早早返家準備明天的考試。

朋繪露出鬆一口氣的表情輕撫胸口。

兩人在空座位並肩坐下。正對面的大學生集團看著鑽過民宅縫隙般的窗外景色歡呼。

「這很厲害吧？」

「真的，超近的，要撞到了要撞到了！」

「好創新啊……」

這感想應該完全相反吧……咲太這麼想的時候，和朋繪四目相對。她似乎也在想相同的事，嘴角掛著笑容。不是創新，正確來說是復古的氣氛。這些人的日文亂掉了。

「這麼說來，古賀，要在哪裡念書？」

「咦？真的要念書？」

「不念書的話，妳就對朋友說謊了喔。」

「……學長的化學好嗎？」

朋繪的眼神如同在試探。

「我想應該比妳好。」

「感覺好屈辱。」

「為什麼？」

「我想確認是不是真的。」

「那麼，要來我家嗎？」

「咦？」

「反正我家沒大人。」

「咦咦！」

「別在電車上大吼大叫。」

周圍視線瞬間集中在兩人身上。

「因……因為，那個，我沒準備……可是，那個，好。」

又是慌張、又是焦急、又是害羞。朋繪展現多變的表情，最後輕聲答應。

「看來妳誤會了。」

「……沒……沒有啦，不要把我當小孩子。」

「妳不會踏上成人的階梯喔。」

抵達藤澤站之前的這幾分鐘，咲太慢慢說出不會對朋繪出手的十個理由。朋繪一直不是滋味地聆聽，下車時故意踩了咲太一腳。

從車站步行約十分鐘，咲太和朋繪一起抵達自家公寓，搭電梯上七樓。

「我回來了～」

咲太說著打開玄關大門。

楓從深處的客廳探頭。

「歡迎回……」

楓說到一半發現咲太不是獨自返家，隨即躲到門後，像觀察天敵動向的小動物偷窺朋繪。

「哥哥帶了和上次不一樣的女生到家裡。」

傳來有損名譽的發言，但咲太當成耳邊風。

「好了，進來吧。」

「打……打擾了。」

朋繪鞠躬之後脫下鞋擺好，在咲太的催促之下進入房間。

咲太也要跟著進房時，楓拉住他的制服袖口。

「怎麼了？」

楓挺直背脊打耳語。

「如果要和夜晚花蝴蝶的姊姊同伴返家，請先講一聲啦。」

「楓，看來妳誤會了。」

說起來，若要將朋繪稱為「夜晚花蝴蝶」，她的魅力還不太夠。不只沒盤髮，妝也不夠濃。

何況「同伴返家」是什麼意思？咲太聽過「同伴出勤」，卻沒聽過「同伴返家」。（註：日本酒店術語，和酒店小姐共進晚餐之後再陪同到酒店上班）

「哥哥貢獻了多少錢？」

「她是古賀朋繪，同校的學妹。」

「如果需要妹妹型的對象，不是有我嗎？」

「這是在講什麼？」

「楓要跟麻衣小姐告狀喔。」

這就有點傷腦筋了。咲太和朋繪的這場戲姑且有徵得同意，但要是逐一報告，肯定會壞了女王大人的心情。

「哥哥要溫書準備考試，所以晚點再聊。」

咲太拉開楓，關上房門。

「總之，隨便坐吧。」

他邀朋繪坐在座墊上。

朋繪乖乖跪坐。咲太在她面前展開折疊桌。

「腳放鬆比較好喔。」

「唔，嗯。」

朋繪一邊在意裙襬一邊換成鴨子坐姿。

咲太也坐在她的正前方。

打開現代國文的課本準備明天的考試。朋繪面前是化學課本與筆記，但她看起來沒在看書。

朋繪視線在咲太房內轉一圈，看到床之後臉紅，接著看向桌子，低下頭縮起身體。

最後……

「總覺得，辦不到！」

她突然大喊，「啪」一聲闔上課本與筆記塞進書包。雖然匆匆忙忙想揹起書包，手卻遲遲套不進背帶。

「我……我還是和玲奈她們念書吧！」

朋繪快速說完就快步離開房間。

「打……打擾了！」

她立刻衝出玄關。

「喂～～古賀？」

咲太追到玄關，單腳套上拖鞋，從門口探出頭。

朋繪已經在電梯前面了。電梯抵達的鈴聲很快就響起。

電梯門隨後開啟。

朋繪原本想衝進去，卻做出「啊」的嘴型停下腳步。

某人走出電梯。

「啊……」

咲太一看到走出來的這個人，也做出相同的反應。峰原高中的制服。即使是夏季制服依然穿著黑絲襪。是麻衣。

朋繪和麻衣錯身而過，進入電梯。

來到玄關外面的咲太以及搭電梯下樓的朋繪。麻衣只來回看了這兩人一次。

麻衣踩出充滿節奏感的清脆腳步聲，來到咲太面前。

「看來你們趁我不在的時候變得很要好呢。」

纖細雪白的手指捏住咲太的鼻子。

「那孩子臉蛋紅通通的喔。你究竟做了什麼事？」

責備的目光。

「只是想和她一起用功。」

「用功什麼？」

「我是現代國文，古賀是化學。」

「是喔……」

麻衣表情愈來愈不高興，手指增加力道。

看來趕快換個話題比較好。

「麻衣小姐來……送伴手禮？」

麻衣手提的紙袋映入眼簾。麻衣看起來依然有些不滿，但總算放開咲太的鼻子。

「拿去。」

麻衣將紙袋塞給咲太。

看向袋內，裡面裝著漂亮的柴魚塊、魚漿天婦羅，以及叫做「卡士達糕」的甜點，一種包了卡士達餡的海綿蛋糕。

「冰過也很好吃喔。」

「謝謝。」

麻衣事情辦完之後轉過身，朝電梯方向走回去。

「麻衣小姐，不進來嗎？」

「要是在這時候進你家，不就像是我被那個一年級學妹激發競爭心了？」

麻衣說完這個似懂非懂的理由就離開了。

杵在原地也沒用，所以咲太回到家裡，叫楓過來一起吃收到的伴手禮。

「這個，好好吃呢。」

「是的，很好吃。」

2

期末考第二天的星期二，咲太一上學就被叫到教職員室。他被帶到旁邊的生涯規劃指導室，落得在這裡獨自孤單考試。

理由無須多問。原因是昨天在七里濱站發生的衝突。

站務員似乎昨天就連絡校方了。

「期中考的時候在操場表白……期末考又打架，梓川對考試有什麼不滿嗎？」

「我覺得最好不要考試。」

「不能這樣吧？」

班導雖然出言訓誡，態度卻不甚嚴厲。多虧名為「圍觀群眾」的目擊者很多，當時打架的狀況正確傳達給了校方。

先動手的是前澤學長。

即使如此，班導依然吩咐要小心。在這種狀況下究竟要小心什麼？路邊的狗大便嗎？

聽班導說，前澤學長似乎沒來上學。

放學後，咲太走出生涯規劃指導室，發現朋繪在前方走廊等待。

她一副愧疚的樣子低著頭，大概是在意咲太被叫到教職員室吧。

「考得好嗎？」

「不太好。」

回應也完全沒精神。

「嘴裡說要和朋友念書，其實是在連鎖餐廳閒聊吧？」

咲太先踏出腳步，朋繪連忙跟上。

「學長呢？」

「搞定。」

「考得好？」

「考不好。」

「什麼嘛，原來學長是我的同伴。」

明明發現同類也不會增加測驗分數，朋繪卻不知為何鬆了口氣。

「啊，對了，學長，手機要帶啦。」

「啊？」

「我昨天突然回去對吧？所以，那個……我很擔心學長後來對我的想法。」

「我覺得妳是情緒不穩定的女生。」

接著，朋繪瞬間滿臉通紅。似乎是氣到沸騰了。

「我想先補救這一點啦！」

朋繪不高興地斜眼一瞪。

「學長今天也被老師叫去了，很想趕快和學長聯絡……害我考試的時候也沒辦法專心。」

「不准怪到我頭上。」

朋繪似乎依然有所不滿，鼓著臉頰揚起視線看過來。

「可是，那個……只有這樣？」

朋繪有些顧慮地進一步詢問。

「什麼事？」

「昨天的事，學長對我沒有別的感想嗎？」

「我沒有特別把妳放在心上。」

「這說法真令人火大……不過，這樣啊。太好了……」

朋繪輕聲說完，露出放心的表情。咲太察覺她的眼角腫腫的。

「妳昨天通宵念書？」

如果這樣還考不好就太慘了。

「沒有啊，為什麼這樣問？」

「妳有點熊貓眼。」

「不會吧？」

朋繪拿出鏡子確認。

「啊～～真的耶，我去補個妝！」

她衝進一旁的女廁。真是忙碌。

「感覺像是哭腫的痕跡呢。」

被留在原地的咲太自言自語說出內心的想法。

期末考過了一半的星期三，咲太獲准在教室應考。

早晨上學時，咲太也在電車上看見前澤學長，看來他順利從打擊中振作了。不過咲太唯一一次和他四目相對時，他明顯表達出厭惡感，所以他或許沒怎麼反省吧。

鬧事的兩人所搭乘的車廂氣氛差勁透頂，各處傳來「大便」這兩個字。一部分是在說咲太，也有一部分是在說前澤學長。此外還有「處男宣言」。這確實是拿咲太當笑柄的詞。咲太並不覺得丟臉。

總之，只是這種程度的影響。

考量到騷動的規模，眾人再多議論紛紛也在所難免，不過大概也因為正值期末考，周圍的反應沒那麼大。大家都是自身難保。

不過可以清楚感受到一件事，就是眾人對於咲太與朋繪關係的認知程度。前澤學長和咲太起衝突的原因，被視為是咲太在袒護朋繪，明顯符合男女朋友的關係。兩人已經不允許處於「學長以上，戀人未滿」這種酸酸甜甜的感覺了。

既然這樣，在暑假期間自然分手……的結束方法或許欠缺可信度。看來必須準備一個明確又具體的「分手理由」。

考試剩下的時間，咲太看著窗外遼闊的夏日大海，思考著這種事。

星期四的天候從早上就不太穩定，是雨忽下忽停的討厭天氣。

即使到了下午，藍天也沒有露臉的徵兆，晾在室內的衣物無精打采。

「喂，不准東張西望。」

不知為何，麻衣位於掛著洗好衣物的咲太房間。

她在咲太和楓悠閒地吃完午餐，並且洗完衣服的時候造訪。

「來用功吧。」

然後她如此高壓放話，演變成現在這個樣子。

折疊桌打開放在房間正中央，咲太與麻衣斜向對坐。斜前方四十五度的麻衣表情不太高興。

「麻衣小姐，妳在生氣？」

「這個問題是怎樣？」

「因為妳突然要我用功。」

「期末考到明天吧？我不是說過要教你嗎？來，解開這個問題。」

麻衣指著物理問題。

都卜勒效應的題目。

「要在五分鐘內答出來。」

指導方針是斯巴達式。

「只要可以避免不及格就好吧？」

「咲太，你好好規劃過未來嗎？」

「我將來想和麻衣小姐常相廝守。」

「……」

麻衣默默按響自動鉛筆。她手邊沒有筆記本，所以應該會把筆用在書寫以外的目的。比方說戳咲太。

為了生命安全著想，胡鬧還是適可而止比較好。

「我想考大學。」

為此必須滿足兩個條件。首先單純是學力問題，必須通過入學考才能就讀。再來是來自家庭苦衷的經濟問題。父親之前就委婉提到，如果就讀私立大學，家計或許會非常拮据。

「麻衣小姐呢？」

「預定升學。」

「不是專心工作啊。」

「就算要工作也還是可以上學吧？畢竟以往都是這樣。」

現在也是這樣。

「我想讀橫濱的公立大學。」

無論是國立還是市立大學，同樣是窄門。

「畢竟麻衣小姐很優秀呢。」

咲太聽麻衣說過，她的成績單沒有小於「8」的數字。

「……」

托腮的麻衣注視咲太。

咲太感覺有某種意圖，所以移開視線。

「不准移開視線。」

結果被罵了。

「咲太想和我就讀同一所大學對吧？」

麻衣的發言正如咲太想像。

「不，還好。」

「想吧？」

麻衣掛著笑容，將自動鉛筆的尖端指向咲太。

「可以的話就想。」

「那麼，你想好好用功對吧？」

「……」

「如果是公立學校，你父母的經濟負擔也會減輕，而且學校在橫濱的話，從這裡也可以輕鬆通學。」

「呃，這個嘛，哎……」

「什麼嘛，真不乾脆。」

一切都如麻衣所說，護城河完全被填平。冬季會戰不知去向，突然就進入夏季會戰。

「恕小的直言，得解決最根本的學力問題才行。」

咲太的成績很平凡，平均剛好落在「6」。

「所以我不是說了嗎？只要你用功就解決了。」

「我就是不想用功才抗拒啊……」

「即使我都講成這樣了？」

「哪有講成怎樣，我完全沒聽到麻衣小姐的願望啊？」

麻衣隨即不再托腮，挺起身子目不轉睛地注視咲太。

「如果我說我想和你上同一所大學，你就會努力吧？」

「……」

麻衣臉頰微微羞紅。或許是演技，但麻衣這番話成為一支箭，射穿咲太的心臟。

「怎……怎麼了？」

「我想現在就推倒妳。」

「我真的會戳你喔。」

咲太舉起雙手擺出投降姿勢，就這麼躺在地上。

「喂，不准偷懶。」

「我還是提不起幹勁。」

「那麼，如果我說要換上兔女郎衣服教你呢？」

「大概各方面都會提起幹勁。」

麻衣究竟要教什麼呢？咲太滿懷期待而興奮。雖然這麼說，但咲太覺得她肯定是開玩笑。

「如果你用功，我就穿。」

「真的？」

咲太猛然起身坐好。

麻衣已經擅自打開衣櫃，從放在腳邊的紙袋拉出兔女郎服裝。

「我要換衣服，你出去。」

看來是認真的。

求之不得的機會。這就是俗話所說「送到嘴邊的肥肉」。
咲太毫無怨言地走出房間。
「敢偷窺就宰了你。」
麻衣嚴加警告之後從房內鎖門。

咲太遵守麻衣的吩咐，一直在走廊待命。
麻衣正在隔著一片門板的咲太房間換衣服。咲太很想面不改色地開門，但還是強忍慾望。用不著冒這種風險，只要乖乖等，就可以欣賞麻衣的兔女郎打扮。瞬間的全裸？還是長時間的兔女郎……咲太選擇後者。他相信這是正確的判斷。
途中，楓投以質疑的目光，但咲太說那須野想吃飯，將楓打發走。
整整等了十五分鐘之後……
「可以了。」
房內傳來麻衣的聲音。
「我要開門喔。」
咲太姑且出聲確認。
「請進。」

咲太等待回應之後，這次真的開門了。

麻衣和剛才一樣，放鬆雙腿坐在折疊桌前面。

她身穿緊貼身體的黑色緊身衣。修長的腿以黑褲襪包覆，頸子有個蝴蝶結，手腕套著白色袖飾，頭上戴著仿造兔耳的髮箍。因為在室內，所以只有高跟鞋放在一旁。

光是麻衣換一套衣服，室內就連氣氛都變了。

「好啦，快坐下。」

麻衣一說話，兔耳就輕盈晃動。

咲太隔著桌子坐在斜前方，彼此的膝蓋在桌面下相觸。麻衣沒有收回膝蓋的意思，看來她允許這種程度的肌膚接觸。

「來，用功。」

咲太依照約定打開筆記本，檢視課本上的例題。

但是咲太回過神來，發現自己的視線被麻衣吸引。摸起來似乎很舒服的裸露香肩；潔白的胸口；柔軟雙峰形成的乳溝；腰部線條緊實，臀部到大腿的曲線也美如藝術品，好想一直欣賞。

「你的手，停下來了。」

麻衣伸手輕戳咲太的鼻頭。

「別看我，要看課本。」

還以為惹麻衣生氣了，但咲太察覺並非如此。麻衣看到咲太被自己吸引住，似乎挺開心的。

「麻衣小姐，怎麼了？」

「什麼事？」

「看妳不太生氣的樣子。」

「這是什麼意思？」

「發生了什麼事嗎？」

「沒什麼……只是覺得偶爾要給點甜頭。」

麻衣撇過頭去，輕聲說了些什麼。

「什麼？」

「我說，我沒想到你甚至為了那個女孩打架。」

「難道……妳看見了星期一的那個？」

「從中間開始看的。啊，對了，鞋子要洗哦。」

「我說踩到大便是騙人的。」

「啊，是喔。啊～～果然無聊。」

麻衣講得極度不講理。取悅這位心情不定的女王大人好辛苦。她的態度稱不上嫉妒，卻覺得無聊的東西就是無聊。

麻衣趴在桌上，從下方仰望咲太。胸部被擠壓而凸顯出來。

「喂，不准看胸部。」

「總歸來說，就是希望我理妳？」

「揍你喔。」

「拜託別打臉。」

咲太戲謔地作勢防禦。麻衣軟趴趴的拳頭打在咲太肩膀上。

「唉～～」

接著她嘆了長長的一口氣。

「好啦，趕快取悅我吧。」

她提出很誇張的要求。不過連這樣都很適合她，所以傷腦筋。

「麻衣小姐，暑假有什麼計畫？」

「一半的時間要工作。咲太呢？」

「幾乎都要打工，但是剩下的時間想和麻衣小姐共度。畢竟是夏天。」

「不可能去海邊或泳池喔。」

「咦～～」

「這也沒辦法吧？因為我是藝人。」

而且不是普通的藝人，是家喻戶曉的走紅女星。要是隨便在海邊或泳池展露泳裝打扮，將會在海水浴場引起一陣風波吧。

「海邊或泳池就找可愛的女友去吧。」

麻衣一副不太感興趣的樣子，以這句話刺入咲太內心。

「麻衣小姐。」

「什麼事啊？」

「我喜歡妳。」

麻衣立刻伸手過來，捏住咲太的臉頰。

「好痛痛痛！」

「不准光明正大劈腿。你現在是那個一年級女生的男友吧？」

「因為這裡有一位超級大美女，我隨口就……」

「不准隨口示愛。」

即使語氣像是在斥責，麻衣依然掛著笑容，看來心情不錯。她在刁難咲太取樂。

「好了，快用功。」

「咦～～」

「這些問題沒解完，我就不准你睡。」

麻衣打開的題庫頁面井然有序地排列著物理的應用題。欣賞兔女郎服裝的代價太大了，但是約定就是約定……

3

為期五天的期末考結束，星期五放學後，朋繪依照上次的約定陪咲太外出購物。

從藤澤站搭ＪＲ東海道線。

搭車時間約二十分鐘。

朋繪從背包取出服裝雜誌，一臉嚴肅地檢視。咲太看著她的側臉，不久就抵達橫濱站。

在總是有某些地方施工的這個大站轉搭根岸線。

只坐一站就來到了櫻木町。

最近成為日本第二高建築物的地標塔，以及特別醒目的巨大摩天輪。和七里濱不同的港市大海盡收眼底。

這幅光景恐怕濃縮了橫濱的普遍形象。在橫濱站出站也享受不到這股氣氛。

「學長原本是橫濱人吧？這也是謠言？」

「不過比較偏內陸，是完全看不到海的地方。橫濱市很大喔。」

朋繪開啟手機的錄影模式，拍攝遠方的摩天輪。不知道她有沒有把咲太的話聽進去……雖然是謊言，不過彼此在第一學期是情侶。朋繪一心一意製造著回憶。

咲太與朋繪首先來到的地方，是從車站徒步約七八分鐘的大型商業設施。開幕至今約一年的新商店內部，終究是到處都乾淨又漂亮。

購物任務大約三十分鐘就完成。咲太表明預算是七八千圓，朋繪在這個範圍買了一整套應該適合楓穿的衣物。感覺確實是現在流行的時尚款式，價格意外便宜。

荷包還有一些餘力，所以應該也能讓內在美和年齡相符。

「我說啊，古賀。」

「什麼事？」

「妳穿什麼樣的內褲？」

「……」

「……」

「咦？」

朋繪呆呆地張開嘴。

「妳沒穿？」
「有穿啦！正常的……話說，你害我說了什麼啦！你在問什麼啊？」
「沒有啦，想說內衣也需要有十五歲女生的樣子……」
「你妹妹自己買不就好了？」
「啊～～上次妳來家裡的時候我沒說，楓是愛家程度無人能比的少女。」
「愛家少女？」
朋繪一臉呆愣。
「就是家裡蹲的意思。她在國中時代被霸凌。」
「咦？伯母呢？」
「妹妹的事令她在各方面受到打擊，我們現在沒有一起住。我爸陪在她身邊照顧。」
「……」
朋繪目不轉睛地看著咲太的側臉。
「我終於懂了。」
「懂什麼？」
「所以學長才願意幫我啊。」
「古賀，妳超會察言觀色呢。」

事到如今否認也沒用，所以咲太很乾脆地承認了。

「學長也一樣。原本以為學長不會察言觀色才被排擠……原來是明知故犯。」

「是嗎？」

「就是這麼回事。」

朋繪笑著說完，逐漸偏左走。

「等我一下。」

「為什麼？」

「別……別問啦！別動喔！」

朋繪單方面說完，搭乘一旁的電扶梯上樓。

等待約十分鐘後，朋繪從上一層樓回來了，手上提著看不見內容物的藍色塑膠束口袋。

「這個。」

朋繪遞出束口袋，咲太接了過來，想看看裡面是什麼東西。

「哇～～不准看！」

朋繪連忙阻止。

「為什麼？」

「因……因為，這是我現在穿的款式。」

朋繪按住裙襬忸忸怩怩。咲太來回看著她以及手上的藍色束口袋。

「我更想看了。」

咲太二話不說就想打開來看。

「不行！就說不行了啦！真是的～～學長，老是講得這麼變態，櫻島學姊會討厭你哦。」

「啊？」

為什麼這時候會提到麻衣？

「那麼家喻戶曉的走紅女星難得對學長有意思，到時候學長後悔也不關我的事。」

「妳之前不是主張那是我誤會了嗎？」

朋繪確實說過。朋繪感冒在保健室休息的時候，問咲太是否聽麻衣說過「喜歡」兩個字。

「因為我上次看到她去學長家……」

「啊啊，拿伴手禮過來的那時候嗎？」

以「一起念書」為名目到咲太家的朋繪，回去時在電梯前面撞見麻衣。

「我會幫忙喔，讓學長和櫻島學姊順利進展。」

「妳以為是誰害我和她的交情疏遠啊？」

「唔……所……所以我會幫學長加油喔！」

「是是是，謝謝妳啊，妳的好意我心領了……所以，接下來要做什麼？妳要買什麼嗎？」

「咦？啊，嗯，我可以看個東西嗎？」

和朋繪一起上樓之後，眼前是一整片華麗繽紛的空間。是泳裝販售區，架上整排都是各種顏色與造型的泳裝。

「我和玲奈她們說好要去海邊。我只有學校的泳裝……不知道大家會穿哪種款式。」

「穿國中的泳裝就好吧？」

「為什麼要倒退回國中？啊，這件怎麼樣？」

朋繪有些害羞地拿起一套輕盈設計的粉紅色比基尼。

朋繪隨手將泳裝搭在身上。

「我沒有看到大量填充物就開心的嗜好。」

「又不是要穿給學長看的。」

「這種泳裝啊……」

為了讓朋繪習得自知之明，咲太看向身材超群的假人。不過一名更具說服力的金髮美女映入眼簾。令人不禁張嘴看到出神的異國美女，魅力十足。

美麗的藍色眼眸；迷人的豐厚雙唇。隔著衣服也看得出胸部豐滿，曲線玲瓏。身高大概和麻

衣差不多，在女性之中算是比較高的，年齡大概二十到二十五歲吧。她在泳裝販售區的一角，以流利的日語說「這件怎麼樣？這邊這件怎麼樣？」愉快地逼問同行的黑色長髮苗條女性。

不對，仔細一看就發現黑色長髮的女性不是女性，是清秀中性長相的男性。感覺與其說「英俊」不如說「美麗」，年齡和金髮女性差不多。

不只是咲太與朋繪，這對俊男美女的跨國搭檔似乎吸引了店內顧客的興趣。

「這件怎麼樣？」

「隨便妳吧。」

男方心情似乎不太好。

「用不著這麼害羞吧，沒人在看喔。」

不對，反倒備受眾人注目。而且感覺男方不是害羞，是嫌煩。不曉得他們究竟是什麼關係。

「哪件都一樣。」

「意思是我穿哪件都很合適嗎？」

金髮碧眼的女方露出惡作劇的笑容。

這股氣息有些像麻衣。這是正確理解自己美貌的女性特有的自信，雖然是在開玩笑卻不是玩笑話。

「沒錯。」

男方很乾脆地贊同女方這番話。她大概是感到意外，頓時愣了一下。但她立刻由衷喜悅般露出微笑，是連周圍氣氛都變得愉快的美妙笑容。

「真難得聽你稱讚我。」

「我只是在陳述事實。」

男方一副無法奉陪下去的態度走出賣場。

「啊，請等一下啦！」

女方蹦蹦跳跳地追過去，硬是挽住抗拒的男方。

「妳明明回英國了，為什麼還在日本？」

「我不是說過要參加這邊的美術展嗎？啊，還有，這次我爸媽也來日本了，今晚請見他們一面喔。」

「等……等一下，我沒聽說啊！」

「因為我現在才說。」

看來事情出現有趣的進展。不過搭乘電扶梯的兩人下樓消失，後續不得而知。

「總之，古賀，就是這麼回事。」

咲太換個心情，再度面向朋繪。

「比基尼等妳發育到剛才那位金髮美女的程度再穿吧。」

「那我一輩子都辦不到啦～～」

「這種款式比較好吧？」

咲太拿起旁邊的一件泳裝。

上半身是從胸口遮掩到腰線的小可愛設計，下半身類似熱褲。仔細一看，上下兩截都是雙重剪裁。

「我多考慮一下，下次再買。」

朋繪瞪著這件泳裝好一陣子，然後將泳裝放回原位。

購物結束之後，咲太與朋繪走到山下公園當散步。這是面海設立的遼闊公園。朋繪以手機拍照，不時和咲太假裝成情侶合影。

太陽開始下山時，朋繪說「最後坐那個」指向巨大的摩天輪。

美麗的燈光點綴城市。

載著兩人的車廂緩緩上升。夕陽照耀的港市景色。朋繪在這裡也用手機拍照記錄約會。

記錄告一段落時，咲太決定向朋繪說出他想到的某個問題。

「我說古賀。」

「什麼事？」

朋繪貼在玻璃窗邊，出神地欣賞外面的景色。

「是不是該想一下分手的方式？」

「咦？啊，嗯，我知道。」

朋繪轉頭隨口回應。從這副態度來看，咲太覺得朋繪也已經察覺到相同的問題。

兩人的關係在校內的滲透度很高，加上咲太還和學長打架，所以心意的認真度也廣為峰原高中的學生所知。

這麼一來，要在暑假期間將這份關係不了了之有點難度。具體編一個分手原因比較安全。

「我想過要怎麼甩掉學長了，所以放心吧。」

朋繪看起來很開心，就像是提議臨時想到的新遊戲。

「慢著，是我被甩？」

「到最後，學長對櫻島學姊依依不捨，我察覺到之後就甩掉學長了。就是這樣的設定。」

「挺真實的呢。」

「我會說『我不需要學長了』，在最後賞你一巴掌。」

「該不會真的要動手吧？」

「真實感很重要。」

「真的要打啊……」

「學長，結業典禮之後的時間要留下來喔。因為我預設是在海邊約會回程的時候吵架。」

朋繪直到最後都掛著笑容，述說這個賞咲太巴掌的計畫。

巨大的摩天輪載著許多情侶持續轉動。

不過，只有咲太與朋繪之間毫無情侶的甜蜜氣氛，也完全沒有假情侶被迫作戲的感覺。

兩人的關係以言語來形容，就是感情很好的學長與學妹。不知何時，兩人建立起快樂嬉鬧的自然距離感。

所以，咲太覺得之前立下的約定已經完成了。

——這場戲演完之後，和我當朋友。

咲太最近和朋繪的互動完全是朋友之間的溫度。

「學長，為什麼笑嘻嘻的？」

「沒事。」

「咦～～告訴我啦～～」

對於咲太來說，這是非常舒服的關係。

4

期末考結束之後，校內氣氛已經等同於暑假。即使發回的答案卷分數是幾家歡樂幾家愁，所有人依然保持「撐過這週就好」的逃避心態。

附近沙灘開放的現在，在教室正經檢討考題太荒唐了，沒人想做這種事。

眼前的七里濱風浪很大所以禁止游泳，這是僅有的救贖。海水浴場就在眼前的日子，大概會造成小規模的暴動吧。雖然這麼說，不過從教室左邊窗戶可以眺望由比濱海水浴場，從右邊窗戶可以眺望江之島東濱海水浴場。

遠方看得到海水浴場遊客的身影。每天看著海邊小屋的屋頂，即使用功也只會變得空虛。上課的老師也沒有熱忱，大概是明白這一點吧。

感受到一股無可奈何的氣氛。

已經有許多學生在放學後去游泳。他們曬得紅通通的，一看就知道。

海邊學校特有的夏季風景。

每一天就這樣平穩度過。

咲太和朋繪的假情侶關係也很順利，沒有任何人質疑。朋繪和朋友們似乎也處得很好，打工的時候，她說星期日和玲奈、日南子與亞矢去購物，買了泳裝回來。

「學長，想看泳裝嗎？」

「不，並不想。不提這個，古賀。」

「怎麼可以不提啦～」

「上次妳幫忙挑的衣服，我妹很開心。謝謝。」

「啊，嗯。太好了。」

「不過，沒想到妳穿那種內褲呢。」

「咦？學長，你看了？」

「裙底出乎意料是那種款式啊……」

「完……完全是普通款啦！」

像這樣和朋繪快樂相處，第一學期最後一週終於步入尾聲。最後一天七月十八日星期五，就這樣過於簡單、過於乾脆地來臨了。

結業典禮當天，咲太一如往常被楓輕輕搖醒。

「楓，早安。」

「早安。」

來到客廳準備早餐。等待吐司烤好的時候打開電視，播放的是昨晚新人明星棒球賽的精彩片段。只以新生代組成的兩大聯盟未來之星使得長崎球場熱力四射。

咲太心不在焉看著這段影片，和楓一起吃早餐。貓咪那須野在腳邊專心吃乾糧。

「明天就是暑假呢。」

「說到暑假會想到什麼？」

「西瓜喔。」

「那我下次去買。」

「我要圓圓的西瓜。」

買一整顆吃起來似乎會很辛苦。分一些給麻衣就好吧……如此心想的咲太做好上學準備，走出家門。

「哥哥，路上小心。」

楓今天也目送他上學。

咲太在上學的電車上和佑真會合。兩人並肩抓著吊環。

「咲太，夏天有什麼計畫？」

「打工。」

「畢竟古賀學妹也在呢。」

咲太無視於佑真消遣的視線。剛開始，佑真對他與朋繪的關係感到納悶，不過看兩人每天相處的樣子，似乎判斷這樣還不錯。

「國見呢？」

「打工、社團活動、約會。」

「可惡的青春富豪。」

「你沒資格說別人吧？」

佑真開玩笑地輕輕撞咲太的肩膀。

在這之後，兩人也一邊閒聊一邊上學。

早上的班會時間結束之後，全校學生聚集在體育館舉行結業典禮。校長的諄諄教誨也因為太熱完全裝不進腦袋，還有學生拿團扇或折疊扇進來搧風。老師沒生氣，因為他們自己也很熱。

咲太回到教室之後，等待他的是第一學期最後的班會時間。班導逐一叫名發成績單。

姓氏是「梓川」的咲太首先被叫到，沒時間緊張。以十個階段打分數的數字，早早就成為現實攤在面前。

成績大致和往常一樣。多虧麻衣的兔女郎補習，物理成績是「8」，不過平均起來大概剛好等於「6」。
位於角落的班導評語欄，委婉訓誡上次和前澤學長爆發的衝突。除此之外沒有任何特別有趣的地方。
「就算放暑假，也不要玩過頭受傷啊。」
班會時間的最後，班導以這句忠告作結。老師在這時候講的話從小學時代就沒變過。
值日生高喊「起立，敬禮」的號令。下一瞬間，教室發出歡呼聲。結束了、太棒了、終於來了——各種情緒交織成喧囂聲。
咲太背對聆聽這些聲音，快步走出教室。
走廊上也有許多學生依依不捨地聚集。就算放長假也可以用手機連絡，所以咲太覺得趕快回家就好。大概是有某些不能這麼做的理由吧。
留下來的學生很多，因此校門通往車站的路比平常空。七里濱車站也一樣，咲太抵達時只有十個人左右。
咲太走到開往藤澤方向的月臺邊緣等電車。大概再六分鐘。
電車還沒來，朋繪就小跑步過來了。
「啊，學長比較快。」
今天和她約好在放學後到海邊。

最後的約會。

兩人約在車站碰頭。

朋繪頻頻在意裙子腰部，大概是衣服沒塞好。

「泳裝，我在學校更衣室穿上了。」

咲太還沒詢問，察覺視線的朋繪就這樣告訴他。

這是海邊學校才有的祕技。參加社團活動的學生中，似乎也有強者到海邊玩完之後，回學校使用社辦大樓的淋浴間。佑真說他去年也這麼做。

「學長，你眼神色色的。」

「我知道。」

制服上衣透出粉紅色的泳裝。

「我的意思是不要一直看啦。」

朋繪以海軍風托特包遮住胸口。

兩人如此互動時，電車緩緩進站。

咲太與朋繪在江之電的江之島站下車，來到徒步不用十分鐘的東濱海水浴場。這裡是描繪一個大弧形的寬敞沙灘，每年這個時期都因為許多遊客而熱鬧不已。

今天還不是假日，所以沒什麼人，感覺只有當地人。

咲太在海邊小屋暫時和朋繪分開，換穿海灘褲。露出胸前傷痕就不像是正派人物，所以他還是穿著T恤。

咲太將行李放進置物櫃之後出去，朋繪也剛好走出來。她先在學校穿好泳裝所以很快。

「好，游泳吧。」

「咦？沒感想？」

「不是希望我不要一直看嗎？」

咲太對朋繪穿的泳裝有印象。是上週請她陪同購物時，咲太在泳裝賣場拿的那件。明明當時到最後沒買下來，但她似乎在後來和朋友出門時看到相同的款式買下。

「總之，我覺得很可愛。」

「別……別說我可愛啦！」

「不然妳希望我怎麼說？」

「……」

朋繪思索片刻。

「說我……可愛吧？」

「妳今天也情緒不穩嗎？」

「少女心就是這麼回事。」

「一丁都不懂吶。」

「學長，你真是氣死我了～～」

「既然惹妳生氣，那我去吃一根烤玉米吧。」

咲太轉身前往海邊小屋。

「我也要去！」

朋繪連忙回到咲太身旁。

沐浴在夏日陽光下吃的烤玉米別具風味。

雖然後來突然下了一場太陽雨，不過反正下海玩水本來就會溼，所以不成問題。

午餐是在海邊小屋吃炒麵。填飽肚子之後帶朋繪到海岸線，將她弄得渾身溼透逗她玩。累了就回到沙灘堆城堡。

「來比賽誰的城堡可以戰勝海浪。」

「輸的人要請吃刨冰喔。」

「到時候可別哭喪著臉啊。」

「學長也是。」

結果是咲太輸了。

勝負關鍵在於城堡前面的凹洞。朋繪坐著堆城堡，屁股在沙灘留下明顯的印記，發揮護城河的功能。

「古賀，妳的屁股救了妳。」

「吵……吵死了，要請客就是要請客！」

按住屁股的朋繪滿臉通紅。

輸了就是輸了，所以咲太乖乖請吃刨冰。朋繪點草莓口味，咲太點香瓜口味。

太陽開始西下時，咲太與朋繪坐在沙灘，心不在焉看著年約五六歲，正在玩海灘球的男童與女童。

女童的強力殺球讓男童狼狽不堪，好幾次用臉接球。

「學長。」

「又餓了？」

「謝謝你至今的協助。」

「……」

「來。」

朋繪說著伸出手。

「握手吧。」
「為什麼？」
「道別。」
咲太以T恤擦手，然後握住朋繪小小的手。
「到頭來，學長還是喜歡櫻島學姊，對我沒興趣了把我甩掉。」
朋繪像是在講故事般，朝著海面這麼說。
「不用賞我巴掌嗎？」
「就當作已經賞過了。要是在這時候真的打，我就超級忘恩負義了。」
「這樣啊。哎，那麼，辛苦了。」
咲太第一次遇到這種狀況，不知道怎麼說才是正確答案。
「嗯。」
「祝妳有一個美好的暑假。」
「學長也是……希望你可以和櫻島學姊交往。」
「總之，我會耐心進攻。」
朋繪放手之後起身。
「該回家了。」

她笑著說。
「也對，在海邊玩好累。」
咲太也搖搖晃晃起身。
「這樣好像大叔。」
在朋繪的嘲笑之下，走向海邊小屋拿行李。
咲太與朋繪換好衣服之後，搭乘江之電回到藤澤站。
「學長，你暑假要做什麼？」
「發懶。」
兩人聊著這種沒營養的話題……
完全沒有香豔的互動……
將這段融洽、快樂的時光享受到最後。
如同和知心好友出遊，真的是舒服的一天。
就這樣，咲太與朋繪對全校學生編的謊沒被任何人看破，順利邁入尾聲。
快樂無比的暑假來臨。

託學長的福，一切都很順利。

這樣就沒問題了。

肯定沒問題。

可是……

或許因為有學長，我才會犯下唯一的錯誤。

第五章

拉普拉斯的小惡魔

1

身體輕輕搖晃，被外力搖晃。
「哥哥，天亮了喔。」
身為哥哥的咲太回應妹妹的熱情，慢慢起身。
「早安。」
「早安。」
咲太揉著惺忪的睡眼。
「我說啊，楓……」
「是。」
「世間有一種東西叫做暑假喔。」
今天是可以睡懶覺的日子。暑假第一天就充滿活力行動的人，只限於參加晨間健康操的小學生就好。
「可是，暑假是從明天開始吧？」

楓傾斜身體表達疑問。

「……」

她剛才說什麼？

「不對，是今天吧？」

「不對，是明天。」

咲太拿起鬧鐘。熟悉的數位鐘面，液晶畫面顯示「七月十八日」。星期五。如果咲太的記憶正確，這肯定是昨天……

楓說得對，七月十八日還不是暑假。

是第一學期的最後一天。

「……」

完全銷聲匿跡的那個現象似乎又發生了，同一天再度來臨。上次發生是六月二十七日。

不過，咲太很神奇地不覺得驚訝。

或許內心某處已經預料到會這樣了。

和朋繪共度的日子留下突兀感。

昨天，朋繪在海邊快樂地玩到最後，道別時也洋溢笑容，絲毫沒有苦惱的樣子。

然而，這正是突兀感的真面目。

太過於平靜了。

「……」

咲太起床前往客廳。打開電視一看，正在報導昨晚職棒新人明星賽的結果。

內容和昨天……也就是第一次的七月十八日一樣。

奇妙的感覺。但是，不知為何令人懷念。

「哥哥？」

「楓，想吃西瓜嗎？」

「咦？想吃。」

「我改天買圓圓的西瓜回來。」

後來，咲太和楓吃完早餐，準備上學。

「哥哥，路上小心。」

在楓揮手目送之下，咲太朝第二次的七月十八日踏出腳步。

咲太在江之電的車上和佑真會合。

佑真來到咲太身旁，和他一樣抓住吊環。

「咲太，夏天有什麼計畫？」

「打工。」

「畢竟古賀學妹也在呢。」

有印象的互動。佑真消遣的笑容也一樣。

「國見呢？」

「打工、社團活動、約會。」

「可惡的青春富豪。」

「你沒資格說別人吧？」

佑真和上次一樣，在這時候輕輕撞咲太的肩膀。

一切都和經歷過一次的七月十八日一樣。

咲太在鞋櫃處和佑真道別之後，沒去二年級的教室，而是前往一年四班的教室，朋繪所屬的班級。

從門口往教室看，很快就找到朋繪了。她和玲奈、日南子與亞矢圍著講桌愉快聊天。

察覺到咲太的日南子催促朋繪注意。

朋繪瞬間露出驚訝表情，但她立刻一邊稍微在意旁人，一邊來到走廊。

「突然來我的教室，我會很為難。」

朋繪有點害羞，在意著身後的視線。

「我覺得很抱歉，但也沒辦法吧？」

畢竟是這個狀況，咲太想盡快確認一件事。

「妳發生什麼不妙的事嗎？」

就咲太所知，肯定沒特別發生什麼怪事。一切都按照計畫、按照預定進行。順利騙過旁人，迎接暑假來臨。之後只要朋繪找機會向身邊朋友說明自己甩了咲太就好。這個情報扔著不管也會自行散布，所以一切肯定已經結束才對。

「為什麼這樣問？」

朋繪歪過腦袋，一臉呆愣。

「居然問為什麼……」

咲太後知後覺發現雞同鴨講。朋繪完全沒有散發危機感或緊張感之類的東西。

「所以說，不是又輪迴了嗎？」

「咦？」

朋繪呆呆地張嘴。

這是決定性的反應。她露出聽不懂的表情。

發毛的感覺從腳底竄上來。

「今天是第二次吧？」

「……不是。」

大概是顧慮到咲太吧，朋繪有些客氣地否定。

「等一下，妳是第一次？」

「嗯。」

朋繪筆直注視咲太，微微點頭。

此時，宣告早上班會開始的鐘聲響了。

「知道了。妳先忘記剛才的事。」

「放學後呢？」

「按照原定計畫吧。」

「唔，嗯。」

「晚點見。」

咲太說完準備離開，朋繪掛著稍微不安的表情揮手。

結業典禮結束之後，咲太在第一學期最後的班會時間，從班導手中接過早已知道內容的成績單。成績和上次看到的一樣，班導同樣在評語欄委婉訓誡上次和前澤學長爆發的衝突。

「就算放暑假，也不要玩過頭受傷啊。」

咲太聽著身後班導的諄諄忠告，離開二年一班教室。隔壁的二班似乎早就開完班會了，只零星留下幾個學生。

沒看到雙葉理央的身影。大概在老地方吧。

咲太如此心想，前往物理實驗室一看，理央果然在裡面。她正在黑板寫某個方程式。

咲太在她背後單方面述說，告知輪迴現象再度發生。

「妳認為呢？」

咲太說明完畢之後，徵求理央的意見。

「梓川，你腦袋沒問題嗎？」

理央轉過身來，隔著桌子坐在咲太對面。

「這是什麼問題？」

「既然你這樣反問，看來沒救了。」

「詳細理由說來聽聽吧。」

「因為你問了連小學生都懂的問題。」

「……」

最近的小學生似乎很優秀，這個國家的未來高枕無憂。

「正如你的推測，如果那個一年級……」

「她叫古賀朋繪。」

「如果那孩子是拉普拉斯的惡魔，答案就很簡單。」

「簡單嗎？」

「七月十八日與七月十九日，應該有某個決定性的差異吧？比方說她和你的關係改變。」

「……」

頗為高明的洞察力。咲太明明沒親口向理央說明他和朋繪的假情侶契約，理央卻似乎察覺是這麼一回事。

「我不認為你會無限期持續這種事。」

她也熟知咲太的個性。

「你其實也察覺了吧？」

「察覺什麼？」

「她再度擲骰子的理由。」

咲太如同逃避理央的視線般看向天花板。

「……」

咲太心裡並不是沒有底。若問是否知道，他會回答「知道」。咲太有這種程度的自信。

「不過，如果只說這次，古賀她沒察覺今天是第二次。」

咲太只有這一點無法釋懷。

朋繪今天早上那個呆愣的反應，咲太光是回想就有點發毛，渾身打顫。

「原來如此……既然這樣，或許如我最先所說，梓川你才是惡魔。」

理央一副興趣缺缺的樣子。不只如此，她雖然說別人是惡魔，卻不像是相信自己的發言，感覺只是說看看。

「我不是。」

「那麼，果然只有一種可能。」

「一種嗎……」

「是的，她……在說謊。」

咲太沒否定理央這句話。

咲太離開物理實驗室，在約見面的地點和朋繪會合之後前往海邊。和上次一樣在海邊小屋吃烤玉米、吃炒麵、在沙灘堆城堡、享用刨冰、到海裡嬉戲。

無論做什麼，朋繪似乎都玩得很開心。

回程途中，咲太聽朋繪表達直到今天的謝意。最後道別時的握手，也和第一次七月十八日的體驗相同。
沒有任何奇怪的地方。
以這個狀況來看，只要明天來臨就無從挑剔了。

然而，咲太隔天早上醒來時，又是七月十八日星期五。
這麼一來，第一學期的最後一天第三次來臨。
咲太的暑假遲遲沒來。
六月二十七日那時候，沒重複第四次。
咲太依照這個經驗，在這天刻意採取和上次相同的行動。咲太認為這或許是看次數而定。
不知道時光正在輪迴的朋繪這次也在海邊天真無邪地嬉戲。

2

咲太的淡淡期待也落空，第四次的七月十八日早晨來臨了。
看來果然得除掉拉普拉斯的惡魔，否則無法脫離這個狀況。

在一如往常的時間搭電車，這次也和佑真同班車。

「嗨。」

「噢。」

咲太愛理不理地回應佑真爽朗的笑容。

佑真不以為意，來到咲太身旁抓住吊環。

咲太看著窗外恬靜的海邊街景開口。

「我說啊，國見。」

「嗯？」

「你有女友吧？」

「我很感謝如此幸運。」

「如果別的女生對這樣的你有意思，你會怎麼做？」

「……」

佑真眼中出現些許警戒的神色。

「如果你察覺這個女生的心意，你會怎麼做？」

「這是在說哪個女生？」

佑真瞥向一旁的咲太，想看出他的真意。

「只是打個比方。」

「打個比方是吧……」

對話完全沒切入核心。即使如此，咲太也從佑真的嚴肅程度看出某個事實。

佑真察覺到理央的心意了。

正因如此，佑真才認真聆聽咲太這段暗藏玄機的發言，沒有打馬虎眼。

「對方知道……我已經察覺了嗎？」

「現在還沒發現。」

彼此沒講明是誰就相互確認。

「『現在』是嗎……」

佑真露出為難的苦笑。

「硬是將當事人藏在心底的心意拖出來，老實說，我會抗拒。」

佑真自言自語。他的雙眼看向正前方的遼闊大海，覺得耀眼般瞇細。

「畢竟這樣會覺得自我意識過度，也覺得我沒資格這麼做。」

佑真慎選言詞說下去。

「但是，我也不認為應該維持現狀。咲太覺得怎麼做才對？」

「現在是我在問你。」

最後，兩人就這麼沒做出結論，電車抵達七里濱車站。

全校學生聚集在體育館舉辦結業典禮。對於咲太來說，這是第四次的結業典禮。校長致詞當然也是第四次，所以他沒聆聽，一直在思考別的事。

思考朋繪的事。

他在一年級的隊列中發現朋繪。

朋繪大概是察覺視線，轉頭朝這裡一瞥。

兩人視線相對，她就露出驚訝的表情，不過嘴角立刻露出笑容。

咲太看到這張表情的瞬間，感覺一切都串連起來了。

——是的，她……在說謊。

正是如此。

放學後，在七里濱車站會合的咲太與朋繪聊著彼此的成績，在隔了三站的江之島站下車。

行經紅磚風格石板路的洲鼻通來到海邊。國道１３４號是從地下道穿越。

就這麼筆直前往江之島。

「學長？海是往這邊走喔。」

朋繪指著左方，海邊小屋整齊排列的東濱海水浴場。順帶一提，右邊是西濱海水浴場。

「這一天我過四次了。」

「意思是海邊玩膩了？」

「古賀這麼會察言觀色真是幫了大忙。」

咲太一邊說，一邊走過通往江之島的弁天橋。

「要去江之島？」

朋繪蹦蹦跳跳追過來，從咲太身旁探頭。

「第一次約會的時候沒去到吧？」

「啊，說得也是。」

當時在橋上走到一半，朋繪發現看起來很困擾的同班同學。實際上，那個女生……米山奈奈遺失和朋友一起買的吊飾而困擾。

「島、天空、海。」

行進方向有江之島、藍天與大海，除此之外什麼都看不見。

朋繪伸出雙手想抓住天空。

在上空優雅盤旋的鳥是黑鳶，來海邊玩的遊客經常被牠們搶走午餐受害。

渡過將近四百公尺長的橋，充滿觀光區氣息的土產店以及販售當地海產的商店迎接咲太與朋

繪。大海的季節洋溢著活力。

穿越鳥居，是一條稱不上平緩的坡道。道路也變窄，懷舊的感覺更加強烈。兩側有當地名產魩仔魚的餐廳以及展售鮮豔蛙嘴錢包的店家，各種要素引人注目。

擦身而過的大學生情侶拿著一塊特大的章魚煎餅分著吃。

感覺一旁的視線有所要求。

「邊走邊吃會胖喔。」

咲太嘴裡這麼說，卻還是拿錢給店門口的阿姨。

「我明天起就會減肥。」

「是喔～～」

咲太隨便敷衍朋繪，接過眼前烤好的章魚煎餅。

「好大。」

比咲太或朋繪的臉還大。

兩人一塊塊剝著吃，沿著坡道上的參拜道路繼續前進。

映入眼簾的是長到必須仰望的階梯。途中有座紅色鳥居，往上是三座神社組成的江島神社。

咲太與朋繪在鳥居前面吃光章魚煎餅，一步步走上階梯。

變得不再說話的兩人默默動著雙腿，抵達距離最近的邊津宮。兩人都氣喘吁吁。

「我的腳好痠。」

「妳不是一年級嗎？」

「這是什麼道理？」

「妳還年輕吧？」

兩人調整呼吸之後一起參拜。

「古賀，是結緣的繪馬喔。」

不遠處的結緣樹掛著許多繪馬。

「寫一張吧。」

「咦？要對神說謊？」

咲太無視於驚訝的朋繪，向巫女姊姊買了繪馬。

「學……學長……」

遞出繪馬的巫女姊姊露出甜美的笑容，大概以為困惑的朋繪是在害羞吧。

咲太以借來的筆在愛心符號裡寫下全名「梓川咲太」。

「來。」

「會遭天譴啦。」

「在決定欺騙大家的時候，應該就做好下地獄的覺悟了吧？」

「我自己是沒關係啦……但我不要連累學長。」

朋繪猶豫地將繪馬翻面。上面說明繪馬提供的效果，第一行寫的是「單相思之戀」。

咲太聽到朋繪輕輕「啊」了一聲。

朋繪稍微苦惱之後開始書寫，以圓圓的字體在「梓川咲太」旁邊寫下「古賀朋繪」。咲太從朋繪手中搶過繪馬，掛在結緣樹上。

「學長！在大家真心的願望裡混入謊言會遭天譴啦！我拿回家吧！」

朋繪拉著咲太的手臂，輕聲拚命阻止。她小心翼翼避免「謊言」兩個字被巫女姊姊聽到。

「說謊的只有我，所以不會有事吧？」

「咦？」

朋繪鬆開手，咲太趁機將繪馬牢牢綁好。這樣就無法輕易取下了。

兩人再度默默以修行般的心境爬階梯，來到紅色柱子令人印象深刻的中津宮參拜。繼續走一段路之後，來到遠方也看得見的瞭望台下方。

咲太與朋繪從瞭望台旁邊經過，前往最深處的奧津宮。

古老的石板路很窄，具備懷舊氣氛。走沒多久就是忽上忽下的階梯，土產店、甜點鋪與餐廳在周邊鱗次櫛比。

這幅風景令人感受到老電影會出現的人情味，鄰居們全部熟識才能醞釀出來的柔和氣氛。貓咪不時從前方經過，朋繪每次想摸都被貓咪逃走。

「學長，剛才的……」

「嗯？」

「結緣樹的……」

「……」

「不，沒事。」

「……」

咲太知道朋繪想問什麼。

咲太在結緣樹前面說的那句話。

——說謊的只有我，所以不會有事吧？

走在旁邊的朋繪傳達出「想確認這句話的真意」的情感。不過朋繪再度開口之前，兩人就抵達了奧津宮。

兩人默默參拜。雙手合十的朋繪側臉異常認真，不曉得她究竟許了什麼願。

繼續往深處走，路變得更窄。沿著細長的階梯往下走，就來到江之島西端的稚兒淵。

寬約五十公尺的海邊岩地。海水侵蝕的岩石表面被磨平，展現慈祥的樣貌。這裡似乎是在關東大震災的時候隆起，才變成現在的樣子。

天氣好的今天，可以清楚看見富士山，放眼望去盡是令人舒暢的景致。

海風包覆疲累的身體。大自然打造的神奇地形引得其他情侶也駐足欣賞。

「日南子說，這裡的夕陽非常漂亮。」

雙手放在扶手上的朋繪自言自語般輕聲說。

朋繪恐怕察覺了。

察覺咲太邀她來到江之島的理由……

察覺咲太剛才那句話的意思……

即使察覺，卻假裝沒察覺。

「走吧。」

「嗯。」

彼此的話語愈來愈短。

默默沿著原路往回走。

咲太與朋繪幾乎沒交談。

沿著去程爬得很辛苦的階梯往下走，穿過最初的鳥居。充滿活力的商店傳來吆喝聲。咲太與朋繪在這些聲音的送行之下，背對江之島離開。

在回程的弁天橋上，清楚看得見兩側遼闊的海水浴場。和去程的方位相反，左邊是西濱海水浴場、右邊是東濱海水浴場。太陽也已經升上南方高空，海邊展現熱鬧的樣貌。峰原高中的學生肯定也有人在結業典禮之後直接成群前來。咲太他們原本也是這樣預定的。

「學長，要不要現在去海邊？」

朋繪看著海水浴場如此提議。

「畢竟我底下穿泳裝。」

聲音開心又愉快。一如往常，未曾改變的朋繪。

咲太見狀下定決心，突然在橋上停步。

朋繪晚一步察覺，多走三公尺左右才掛著疑問的表情轉身。兩人剛好站在弁天橋正中央，兩側是大海。

「學長？」

「古賀，謊言結束了。」

「咦？啊，嗯，畢竟只到今天呢。」

「我不是說這個。」

「……學長？你表情莫名恐怖耶。」

朋繪一臉不明就裡的表情。

「……」

即使如此，咲太也不改嚴肅態度。

「什麼？怎麼了？」

「以為我沒發現嗎？」

「所以……是什麼事？」

「即使是作戲，我也當了妳三個星期的男友喔。」

「……」

「妳之前說過，我明明會察言觀色卻明知故犯。」

「學長，你怪怪的耶。」

朋繪臉上透露困惑之色。但咲太依然說下去。

「即使妳不說，我也要說。」

「……」

「可以吧？」

一直沒從咲太身上移開視線的朋繪微微低下頭。

「古賀，妳重擲骰子多少次，人的心意也不會改變。」

「……」

「假的不會變成真的，真的也不會變成假的。」

朋繪對這段話起反應，用力捏住制服衣襬，如同在克制某種情感……

「……就算重複一百次？」

「嗯。」

朋繪低著頭擠出來的聲音被海風帶走。

「……就算重複一千次？」

聲音在顫抖。

「對。」

「就算一萬次？」

「重複一億次也不會變。我喜歡的是麻衣小姐。」

「……」

「妳也一樣，就算重複相同的事，妳的心意也永遠相同。」

「……」

「……」

沉重的沉默在兩人之間累積。
天空突然下起豆大的雨珠，乾燥的地面立刻被塗抹為深色。
仰望所見的天空好藍。是一場太陽雨。
「學長，你騙人……」
朋繪細微的聲音被雨聲蓋過。
「……心意是會變的。」
雨滴大到被打中會痛，雨勢有增無減。
「重複多少次，就會累積多少次……一直累積下去……」
朋繪沙啞的聲音承認了她自己說的謊。朋繪自覺這一天不斷重複。即使自覺，依然假裝今天是第一次。第二次與第三次的七月十八日，她假裝一無所知在海邊嬉戲，演出這場戲。
這一切，都是為了隱藏某份情感。
「決定要忘記……卻忘不了。明明覺得這次一定要忘記……卻做不到。我明明決定要和這份情感說再見了！」
顫抖的心意刺痛咲太的心。
壓抑在朋繪內心的強烈情感終於稍微露了面。這是很像人類的情感，是惡魔應該不會具備的情感。

「今天，要和學長開心進行最後的約會……非得以笑容結束這段假情侶關係。和我分手的學長將和櫻島學姊順利進展，到了第二學期，我會說『太好了呢』，稍微壞心眼地捉弄學長哦。」

「古賀……」

「然後，我會和學長成為朋友，感情很好，無話不說的朋友。學長是我可以稍微撒嬌的年長朋友，學長也覺得這樣沒什麼不好……至今的事情，也會說『那時候的假情侶遊戲挺有趣的』當成回憶，今後一直都會是很好的朋友！」

朋繪抬頭想露出甜美的笑容，但是失敗了。

「會是很好的朋友……」

表情暗藏悲痛的心情，揪心到生痛。

「我想要的只有這樣……並不是特別想得到什麼，也不會耍任性，不會為任何人添麻煩哦。可是……可是明天為什麼沒有來？」

「……」

「明明決定要結束這份心意，為什麼早上起床，這份心意就變得比昨天還強烈？」

這是當然的。即使藏在內心深處也並非不見，並非消失。這份心意存活在內心深處。

愈是出言否定，反而愈會強烈意識到這份心意。

「這樣太過分了……」

人的記憶或情感不是數位資料，不是按個按鍵就能刪除的東西。和登錄在手機的電話號碼、電子郵件網址與ＩＤ不同，不會在刪除之後就永別。人們以更加不同的要素連結在一起。咲太與朋繪在這三週連結在一起了。

「明明決定要當成沒發生過……我已經這麼決定了！」

「用不著做這種事。」

「一定要！」

朋繪始終堅持自己決定的生活方式，始終折磨著自己。

「因為，學長不是喜歡櫻島學姊嗎？我會造成困擾吧？朋友不會擁有這種心意，這是朋友不需要的情感！」

這是咲太對朋繪的要求。

——這場戲演完之後，和我當朋友。

為了實現這個願望，朋繪決定壓抑自己的心意。為了避免造成咲太的負擔，她不得不壓抑。所以她什麼都沒說，想要獨自放棄，想扼殺所有的心意，試圖當成一切從來沒發生過。她想以這種方式成為咲太的朋友。

小一歲的朋友。身為有點囂張的學妹，陪伴在咲太身旁。

不過，想照自己的想法割捨所有心意，讓一切照自己決定的計畫進行，終究是不可能的事。

有些情感強烈到無法控制，有些情感連自己都沒能完全理解。

對於朋繪來說，或許是第一次面對這樣的情感。

兩人的關係以謊言開始。

然而回過神來，這份心意變成真正的心意了。弄假成真。

即使如此，這依然是作戲，所以離別的日子平淡來臨……只有朋繪成真的心意被留下。沒能解決就收進內心深處的強烈情感，這份心意沒能舒暢地宣洩，在黑暗中一直要求朋繪釋放。

然而，朋繪的理性不允許。因為釋放這份心意會造成某人的困擾，會造成咲太的困擾。為了繼續飾演咲太要求的「古賀朋繪」，朋繪只能繼續扼殺真正的情感，只能不斷、不斷地忍耐。

這令她痛苦、寂寞、無處可去，終於再度喚醒沉睡的惡魔。

這就是惡魔的真面目，壓抑在朋繪內心的朋繪自己。她的心聲拒絕就這樣迎接暑假。即使是作戲，咲太與朋繪直到今天依然是情侶……她大概希望明天不要來臨吧。

即使如此，朋繪依然瞞著這件事想忘記咲太，想當成這件事從未發生過。所以她說謊了。

「古賀。」

「！」

咲太一搭話，朋繪就做出害怕般的反應。

即使會造成傷害，咲太也非得講一件事。

「我什麼時候說妳造成困擾了？」

「學長，你太過分了啦……」

「妳現在才發現？」

「我討厭學長！超討厭！都是學長的錯！都是你對我這麼好……」

「沒錯。所以妳沒必要關心我。」

「我也討厭這樣的自己，超討厭……這不是我！」

「不，這是妳。這也是妳。」

「不對！這不是我！我希望暑假來臨，希望早點和學長成為朋友歡笑！我只希望這樣！」

即使到了這個地步，朋繪依然沒流一滴淚。如同知道一旦落淚就會結束一切，以溼潤的雙眼注視咲太。

「別再對自己說謊了。」

「……」

「妳是正義的女高中生吧？」

「這種講法……好奸詐……」

「沒有妳做不到的事。」

「奸詐，太奸詐了，學長……」

「所以，妳可以不用忍耐了。」

「學長是笨蛋！笨蛋！我討厭你！超討厭你！可是……」

朋繪的聲音染上悲痛的情緒。

「可是……喜歡……」

雙眼逐漸噙淚。

「我……喜歡學長……」

朋繪一邊啜泣，一邊深吸一口氣。

「超喜歡——！」

一直累積儲存的心意一口氣從朋繪體內釋放，當面朝著咲太全身宣洩。

這份純真朝高空飛舞而去。

「古賀。」

咲太輕輕呼喚，動員自己所知的所有溫柔呼喚……

朋繪瞬間想強忍淚水，但是咲太的話語不允許。

「妳好努力。」

「嗚嗚……」

朋繪哭成淚人兒，滿溢而出的淚水在臉頰閃閃發亮。

「妳真的好努力。」

「嗚嗚……嗚哇啊啊啊…………」

沒能成為話語的嗚咽升上高空。朋繪繼續號啕大哭，淚雨逐漸將她的腳邊淋溼。滴答滴答，滴答滴答……

俯瞰兩人的天空好藍，又高又遠，清澈無垠。

太陽雨已經停了。

終章

妳選擇的這個世界

眼皮另一側有點亮。咲太察覺這一點，自覺已經清醒。

從窗簾縫隙射入的晨光在熟悉的天花板映出雲朵般的影子。背後傳來熟悉的床鋪觸感，告訴咲太這裡是他自己的房間。

咲太自然朝數位鬧鐘伸手。

如果沒發生輪迴現象，今天肯定是七月十九日，暑假第一天。

咲太在腦中確認之後，看向時鐘顯示的日期。

「……」

一瞬間，他看不懂液晶畫面的數字。他一直以為是七月十九日，不然就是再度反覆的七月十八日。然而時鐘對咲太顯示另一個日期。

「啊？」

咲太起床來到客廳，打開電視。

正好開始播報晨間新聞。

『日本代表成功了！』

甚至隱約感到懷念，有印象的開場白。男主播激動地展露喜悅情緒。

『各位早。今天是六月二十七日，星期五。首先為您播報足球新聞！』

接著播放的是正在地球另一側舉辦的世界盃足球賽，分組賽第二場的精彩片段。

以一分落後的上半場即將結束時，日本隊十號球員運球切入敵陣，因為對方球員的蠻橫守備而跌倒。哨聲響起。

是在禁區外緣踢自由球的好機會。主踢的是四號球員。以短短助跑踢出的這一球，從對方守門員的反方向破網得分。四號球員高聲咆哮，日本隊其他球員聚集過來歡欣鼓舞。

得到這一分的日本球員再接再厲，下半場再攻下一分，以二比一獲勝。

咲太心不在焉看著繼續回顧這場比賽的新聞節目，並且想著某人。

古賀朋繪。

小一歲的學妹，拉普拉斯的惡魔。

「那個傢伙真厲害啊……」

咲太下意識說出這句話。

「打從一開始，就都是在模擬未來？」

正如理央那天所說，同一天不斷反覆的現象不是時光倒轉，是從某個時間計算未來的結果。

而且以這個狀況來說，「某個時間」就是六月二十七日。

面對這個天大的狀況，咲太也只能笑了。

咲太和楓吃完早餐之後，一如往常做好上學準備，走出家門。

梅雨季節還沒完全結束的六月底。相較於直到昨天經歷的七月，普照大地的陽光還算柔和，但溼度相對比較高，感覺很悶熱。

順利抵達學校之後，佑真在鞋櫃處搭話。

「嗨，咲太，你今天頭髮也很翹喔。」

「這種髮型就是要這樣翹喔。」

「真創新呢。」

佑真說完露出笑容。咲太記得這段互動，和之前經歷的「六月二十七日」相同。

「……」

「咲太，怎麼了？」

「……沒事。」

「怎麼啦？」

「國見真的帥到讓我火大呢。」

「啊？這是怎樣？」

「啊～～真的令我火大。」

上午的課程是數學、物理、英文、現代國文等四個科目。在數學課聽老師說：「這裡期末考會考喔～～」物理老師的冷笑話依然健在。第三堂的英文課，咲太心不在焉的時候，被老師訓誡：「Mr. Azusagawa, listen to me.」還被點名念課文。現代國文老師的襯衫衣領當然沾著口紅。

逐一確認之後，咲太內心冒出一股真實感。自己真的先體驗未來了。

然後，午休時間來臨。

三樓的空教室裡，只有咲太與麻衣兩人。

稍微開啟的窗戶吹入潮溼的海風，窗簾微微搖曳。平穩的時光就在這裡。

兩人相隔而坐的桌上，擺著麻衣為咲太做的便當。炸雞塊、煎蛋捲，馬鈴薯沙拉以小番茄點綴，甚至還有羊栖菜燉豆。咲太逐一品嚐，不斷說「好吃」。

成功展現廚藝的麻衣看起來很滿意。

「麻衣小姐。」

咲太吃完便當之後，一派鄭重地叫她。

「嗯？」

還在用餐的麻衣輕咬筷子前端。

「我喜歡妳。請和我交往。」

「……」

麻衣很乾脆地移開視線，以筷子夾起自己便當的煎蛋捲送進嘴裡。

「……」

一口口咀嚼。

「……」

即使等到她吞下食物，她也沒回應。

「咦？不理我？」

「總覺得，沒有悸動的感覺。」

麻衣感覺無聊般嘆息。

「一個月都聽相同的話語，就會變得毫無感覺。」

「這樣啊……我失戀了嗎？那就得尋找新的戀情了。」

「慢著……」

「謝謝學姊至今的照顧。」

咲太鞠躬致意之後，深深地「唉～～」了一聲。失戀的嘆氣。

「我……我沒說不行……你為什麼要死心啦！」

麻衣的眼神像是在鬧彆扭。

「那麼，可以嗎？」

「唔……明明是咲太卻這麼囂張。」

「可以嗎？」

咲太不死心再問一次。

「……嗯。」

麻衣微微點頭。

「可以喔。」

她以幾乎聽不見的音量低語。

麻衣要掩飾害羞的心情，默默吃著煎蛋捲。好可愛。趁現在順勢確認一件重要的事吧。

「那個……」

「什麼事啊？」

「麻衣小姐對我是怎麼想的？」

「哪有怎麼想，就是……」

麻衣說到這裡，視線落在筷子夾起的小番茄上。

「就是？」

「這種事沒關係吧？」

「就是因為有關係，我才會這麼問。」

「咲太，你好纏人。」

「因為是很重要的事啊。」

「無論如何都想聽？」

「我想聽麻衣小姐親口說。」

麻衣的雙脣吸入小番茄。她緩緩咀嚼之後一口吞下。

「我只說一次喔。」

「好的。」

「……」

「……」

一瞬的沉默。咲太知道麻衣靜靜吸了一口氣。

接著，麻衣「啊」了一聲，視線發現窗外的某個東西。

「嗯？」

咲太也跟著看向側邊。映入眼簾的是七里濱的碧海藍天，完全沒有什麼特別稀奇的東西，頂多就是一大朵夏日白雲緩緩飄過。

輕柔的芳香覆蓋咲太，視野稍微變暗。咲太察覺時，某種柔軟溫暖的觸感輕觸臉頰。

咲太隨著驚訝轉向正前方。

「這樣就懂了吧？」

略微害羞的麻衣露出惡作劇的笑容。

咲太不禁撫摸臉頰。剛才的觸感無疑來自麻衣的唇。

「如果是嘴對嘴就太好了呢。」

「不准得寸進尺。」

麻衣在桌子底下踩咲太的腳，不過完全不痛。

「不准笑得這麼開心。」

「是麻衣小姐讓我變成這樣的吧？」

咲太細細品嚐和麻衣共度的幸福時光。

預備鈴聲響起，和麻衣的午休約會很遺憾就此結束。咲太為了回到二年級教室，獨自在走廊前進。

途中，他在正要經過的階梯轉角處看見熟悉的人物。

是古賀朋繪。

和她在一起的，是三年級的前澤學長。

現場洋溢非比尋常的氣氛，所以咲太貼在走廊牆壁躲起來。

「對不起，我不能和前澤學長交往。」

咲太偷看狀況，發現朋繪在低頭道歉。

「妳現在沒有男友吧？」

「是的。」

「有喜歡的人？」

「是的。」

朋繪毫不猶豫點頭。

「是籃球社的？」

「不是。」

「那麼……」

「那個人，是在這個時代連智慧型手機都沒有的人。」

朋繪說完，臉上綻放笑容之花。

「啊？」

前澤學長一副聽不懂的樣子，但還是留下「這樣啊，那就再說吧」這句不知道他要再說什麼

的話語，上樓往這邊走過來。
咲太裝作若無其事，和前澤學長擦身而過，反過來下樓。
朋繪立刻察覺了。兩人四目相對。
「偷窺是犯罪。」
朋繪如此抱怨。
聽到這句話，咲太就確信朋繪記得一切。
「我只是湊巧路過。」
「是喔～～」
「說起來，妳說誰是原始人？」
「我又沒說是學長。」
朋繪鼓起臉頰。
「這麼臭美，好遜。」
依照實際的感覺，咲太是在昨天甩掉朋繪。即使如此，朋繪依然可以像這樣和咲太相處，原因在於朋繪很堅強。朋繪願意容許這個狀況。
「學長，你要負責哦。」
「嗯？」

「因為我這樣將會被玲奈討厭，失去班上的容身之處。」

「為什麼責任在我身上？」

「因為是學長害的啊？」

「說理由來聽聽吧。」

「學長不是讓我成為大人了嗎？」

「聽起來好色啊。」

「學長明明知道，卻老是講這種話呢。掩飾害羞？」

朋繪像要表示自己早已看透般笑嘻嘻的。這副囂張的態度令咲太有點火大，但要是在這時候反擊，就等於承認朋繪的說法，所以咲太早早回到正題。

「總之，無論妳發生什麼事，我一輩子都會當妳的朋友。」

咲太說著將手輕輕放在朋繪頭上。

「所以，妳不會孤單一人。」

「是我大發慈悲讓學長當我的好友才對。」

朋繪講得更加囂張，所以咲太用力摸亂她宣稱六點起床梳理的頭髮。

「啊～～住手啦！」

直到宣告午休結束的鐘聲響起，咲太才收手。

後來一直到暑假開始的這段期間，簡直是驚奇連連。

咲太與朋繪先前體驗的日子，就這樣成為現實。

日本足球隊漂亮突破分組賽，勢如破竹打進前八強。雖然很可惜在八強賽止步，卻讓全世界知道日本想如願以償奪冠並不是夢。

說到咲太身邊的高中生活，期末考的內容一模一樣。每科的考題都已經考過一次，加上答案也對過了，所以咲太拿下高分。

雖然多少有點罪惡感，不過想到被捲入思春期症候群吃的苦，只是這種程度應該不會受罰。

此外，朋繪以新工讀生的身分加入咲太打工的餐廳。

在某個星期六，上里沙希叫咲太到樓頂。

關於麻衣這邊也一樣，她為了楓帶衣服過來；到鹿兒島拍片一週；在當地打電話過來；突然要咲太用功準備考試，也在溫書時穿上兔女郎服裝。

咲太這次並未和朋繪建立「假情侶」關係，所以有些許的差異，不過類似的事件全部發生，毫無例外。

這些狀況足以令咲太認為，和朋繪一起經歷的六月二十七日至七月十八日不是單純的夢境，而是真正的未來預測。

某天放學後，咲太在物理實驗室對理央說了這件事。

「如果是真的，這就是該驚訝的事態了。」

「妳的意思是我說謊？」

「在這段預測的未來和一年級女生假扮情侶騙人的你，應該會說這種程度的謊言吧？」

聽理央這樣回應，咲太也沒辦法進一步要求她相信了。

「不過，原來如此……為了配合周遭而拚命察言觀色的少女，回過神來就發現自己甚至能夠預知未來了。」

理央像是逕自接受般，沒針對任何人如此低語。

不過只有一件事令人在意，為什麼只有咲太被捲入朋繪引發的思春期症候群？其他七十億人沒認知到這個狀況，沒察覺同一天不斷反覆。

咲太拿這件事詢問理央。

「大概是『量子纏結』吧？」

理央說得像是理所當然的常識。

「量子也會纏結啊？」

「沒錯。懂了嗎？」

「一丁都不懂吶。」

「什麼意思？」
「好像是『完全不懂』的意思。」
「是喔……」
理央在黑板寫下「一丁」，似乎對此稍微感興趣。
「話說，『量子纏結』是什麼？」
「相隔一段距離的兩個粒子無須任何媒介，就能瞬間共享情報產生動作的奇妙現象。」
「粒子也會用手機溝通？」
「我不是說無須任何媒介嗎？」
「那麼，粒子也有心電感應之類的能力？」
「你的著眼點不錯。」
「咦，真的？」
咲太自認只是開玩笑……
「實際上，世界首屈一指的知名大學裡，也有教授研究是否能運用量子纏結的現象讓心電感應成真。」
「這我更要問了，真的？」
「因為『量子纏結』本身是確認存在的現象。」

「換句話說，妳主張我與古賀相互纏結並且同步了？」

理央緩緩點頭。

「可是，為什麼會纏結？」

「『量子纏結』是在粒子相互衝撞之後發生的現象。你最近和那個一年級女生相互賦予過什麼衝擊嗎？」

關於這個，咲太心裡有一個底。

「我們曾經互踢屁股。」

「……」

「……」

「梓川。」

「什麼事？」

「我想進行重現實驗。屁股轉過來。」

「我拒絕。」

「少廢話，快轉過來，你這個豬頭少年。」

「這是拜託人的態度嗎？」

這時候的理央很乾脆地露出遺憾的表情。或許她下意識地真的想這麼做。

至於拒絕前澤學長的朋繪……如她之前所說，她被趕出玲奈的小團體了。

隔週的週三，咲太目擊朋繪坐在通往樓頂的階梯上獨自吃便當。

這天，他坐在朋繪旁邊一起吃午餐。

「也陪妳一起上廁所吧？」

「這樣比一起吃午餐丟臉。」

「不用客氣啦。」

「我是真的不要。我要報警哦。」

這樣的狀況持續到週四與週五，不過在期末考第一天……咲太在上學的電車上，發現朋繪在和同班的女生聊天。不是玲奈，也不是日南子或亞矢，但咲太依然知道對方是朋繪班上的一年級女生。因為她是咲太在未來預知的世界見過的人。

和朋繪首次約會的那一天，遺失和朋友一起買的吊飾而困擾，戴眼鏡的一年級女生。記得名字叫做米山奈奈。

奈奈從口袋取出的手機掛著當時朋繪浸溼全身撿回來的水母吊飾。

咲太覺得大概是朋繪再度陪她一起找的。證據就是朋繪確實在相同的時間點感冒。

「我交到朋友了。」

期末考結束時，朋繪在打工的餐廳告訴咲太這件事。

「吊飾那個女生？」

「嗯。奈奈也邀我加入班上其中一個小團體了。」

「太好了呢。」

「嗯。」

朋繪看起來隱約有點害羞，卻非常高興的樣子。

「這是託學長的福。」

「我什麼都沒做吧？」

只不過是朋繪日常的行徑救了她自己。

以她的個性，或許遲早可以和玲奈她們和好吧？咲太有這種感覺。

「這次免於說謊都是託學長的福，所以……謝謝學長。」

咲太覺得朋繪這時候說的這番話有兩個意思。其一是字面上的意思，她免於對周圍說謊了。

另一個意思是她也不用再對自己說謊了。

擔憂的事情消失，每天都平穩地度過。

很快就來到第一學期的結業典禮。

聆聽校長的諄諄教誨，從班導手中領到成績單。

放學前的班會時間結束之後，咲太在鞋櫃前面和麻衣會合，一起放學。麻衣這一兩週大多忙於工作沒上學，上次像這樣並肩回家其實是兩週前的事。

「來。」

麻衣在七里濱車站一上車，就伸手不知道在要求什麼。

總之咲太伸手想握，卻被她輕易躲開。

「我是要你交出成績單。你剛才沒聽到嗎？」

「妳剛才沒說吧？」

「不管，拿來。」

「我才不要。」

「為什麼？」

「為什麼想看？」

「咲太想和我上同一所大學吧？」

「我在生涯規劃單是這麼寫的沒錯……」

「不管，拿來。」

麻衣似乎不肯罷休。她預設咲太會交出成績單。

「如果成績比想像的好，會給我獎賞嗎？」

「如果平均高於７，我就實現你一個願望。」

峰原高中的成績分成十級，平均高於７算是相當優秀。

「門檻真高呢。」

咲太不情不願地將成績單交給麻衣。

麻衣打開檢視的瞬間，表情暗藏驚訝之意。

「咦，為什麼？」

雖然沒有確實計算，不過平均應該高於７。這都是多虧了拉普拉斯的惡魔。咲太覺得改天請朋繪吃頓午餐也無妨，因為麻衣將會為他實現一個願望。

「好啦～～要請麻衣小姐做什麼呢？」

「要是提出怪要求，我就跟你分手。」

麻衣歸還成績單的時候出言警告。

「那麼，今天來我家做晚飯怎麼樣？」

「只要這樣就好？」

讓女友來家裡親手下廚是相當高階的攻略事件，對象是櫻島麻衣的話更不用說，不過麻衣似乎沒有自覺。

「真期待麻衣小姐穿圍裙的樣子呢。」

「但我下廚的時候不會穿圍裙。」

「咦～～」

「好啦好啦，知道了啦，我為你穿吧。」

「不然就裸圍裙吧？」

「要不要加點瀉藥呢……」

「我開玩笑的。」

「你明明很認真。」

麻衣如同看透一切的視線以笑容掩飾。

「到站之後，我要去一趟超市，可以嗎？」

「請容小的陪同。」

還附加了一場購物約會，對於咲太來說，這樣的結果無從挑剔。

咲太與麻衣在藤澤站的超市買完東西走到戶外一看，豆大的雨滴從天而降。天空明明很藍，卻下起傾盆大雨。完全是太陽雨。

「咲太，有傘嗎？」

「有。」

咲太迅速從書包取出雨傘打開，麻衣理所當然般來到身旁。

「幫你拿其中一樣吧。」

咲太右手撐傘，左肩背書包，左手提著露出青蔥的購物袋。

「不要緊。」

「是嗎？」

咲太傾斜傘面以免麻衣淋溼，踏出腳步。

「麻衣小姐要做什麼給我吃？」

「祕密。現在講出來就沒意思了吧？」

「哎，說得也是。」

兩人像這樣閒聊不久，距離住處公寓徒步兩三分鐘路程的公園映入眼簾。行經公園前方時，麻衣忽然停下腳步。

「那孩子……怎麼了？」

咲太也沿著麻衣的視線看去。

入口後方不遠處的綠色草叢前方，孤單站著一名撐紅傘的少女。少女身穿附近國中的制服，衣服還很新，大概是一年級吧。

不知道從何時就待在那裡，肩膀與腳邊淋了不少雨。

仔細一看，綠色草叢後方放著一個紙箱。

咲太跟著先踏出腳步的麻衣，一起走向那名少女。

「怎麼了？」

麻衣輕聲詢問。

少女被傘遮住的臉蛋朝向這裡。

看到少女嬌憐表情的瞬間，咲太有種突兀感。不對，正確來說不是突兀感，他隱約覺得見過這名紅傘少女。她的面容和自己認識的某人很像。

「啊，這孩子……」

少女以小小的聲音回應，視線移回紙箱裡。一隻幼貓無力蜷縮在裡面。大概是淋雨受寒吧，身體微微顫抖。

看來少女擔心幼貓卻不曉得該怎麼做，才會佇立在這裡不動。

「麻衣小姐，可以幫忙拿傘嗎？」

「嗯。」

麻衣立刻接過傘。

咲太蹲下來，單手抱起幼貓。

「總之帶到我家吧。如果恢復健康就好，不行的話就送醫。」

「好的。啊，可是，那孩子……」

「嗯？」

「我想收養。」

「啊，既然這樣……」

咲太以此為開頭，將自家電話號碼說給少女聽。少女將他說的號碼登錄在手機。

「這個號碼對嗎？」

少女將畫面展示給咲太確認。

「沒錯。我的名字是梓川咲太。梓川休息站的『梓川』、花咲太郎的『咲太』。」

少女這次將咲太說的姓名登錄在手機。

登錄完畢之後，少女從手機畫面抬頭，目不轉睛地注視咲太。

「我叫做牧之原翔子。」

咲太聽到這個名字的瞬間，心臟用力跳到幾乎生痛。但他沒能立刻理解少女說了什麼。

咲太眨了眨眼睛。在這段時間，剛才出現在咲太心中的突兀感逐漸融解。他聽過這個名字，難怪剛才覺得似曾相識。一反這份莫名的接納感，咲太腦中逐漸產生一個更大的疑問。

「妳剛才說什麼？」

「我叫做牧之原翔子。」

面前國中生說出的名字，和咲太初戀的高中女生相同。

後記

本書是《青春豬頭少年》系列的第二集。

第一集的書名是《青春豬頭少年不會夢到兔女郎學姊》，如果各位從本書開始感興趣，第一集也希望各位捧場。

就這樣，這次沒有編號，而是採用「每本標題都會稍微變化」的暴行。

這樣很難辨識集數，非常抱歉。

不過，我想荒木責編應該會利用書腰之類的地方淺顯說明，所以肯定沒問題。

說不定溝口ケージ老師會貼心繪製美妙的插畫，讓各位看封面就知道是第幾集。

謝謝。

所以，第三集的標題也是《青春豬頭少年不會夢到○×△□》，不過「○×△□」究竟會填入什麼字？

敬請各位有所預測或不做預測地期待。

溝口老師、荒木責編，這次也是各方面感謝關照，下一集也請多指教。

也要向陪同到最後的各位讀者致上最深的謝意。

第三集……若能在寒冷的季節結束前獻給各位就好了。

鴨志田一

Kadokawa Light Novels

我們就愛肉麻放閃耍甜蜜 1~3（完）

Kadokawa Fantastic Novels

作者：風見周　插畫：高品有桂

甜蜜蜜黏答答的時代已經來臨！
加倍肉麻青春愛情喜劇登場！

每天都過著肉麻甜蜜生活的我們，這次碰上了獅堂吹雪的曾祖母冰雨女士。她的外表看來就是一名國中生，個性自由奔放。她的一個提議讓我、獅堂、佐寺同學和六連兄被捲入肉麻甜蜜（？）的風暴之中，我和獅堂以及愛火三人的關係也隨之慢慢改變——

台灣角川

各 NT$180/HK$50~55

國家圖書館出版品預行編目資料

青春豬頭少年不會夢到小惡魔學妹：青春豬頭少年系列. 2 / 鴨志田一作；哈泥蛙譯. -- 初版. -- 臺北市：臺灣角川, 2015.07
面；　公分

譯自：青春ブタ野郎はプチデビル後輩の夢を見ない
ISBN 978-986-366-597-7(平裝)

861.57　　　　104009793

Kadokawa Fantastic Novels

青春豬頭少年不會夢到小惡魔學妹

（原著名：青春ブタ野郎はプチデビル後輩の夢を見ない）

2015年7月24日　初版第1刷發行
2024年8月16日　初版第13刷發行

作　　者：鴨志田 一
插　　畫：溝口ケージ
日版設計：木村デザイン・ラボ
譯　　者：哈泥蛙

發 行 人：台灣角川股份有限公司
總　　監：呂慧君
總 編 輯：蔡佩芬
主　　編：林秀儒
編　　輯：孫千棻
設計指導：陳晞叡
美術設計：吳佳昫
印　　務：李明修（主任）、張加恩（主任）、張凱棋、潘尚琪

發 行 所：台灣角川股份有限公司
地　　址：104台北市中山區松江路223號3樓
電　　話：（02）2515-3000
傳　　真：（02）2515-0033
網　　址：www.kadokawa.com.tw
劃撥帳戶：台灣角川股份有限公司
劃撥帳號：19487412
法律顧問：有澤法律事務所
製　　版：尚騰印刷事業有限公司
ＩＳＢＮ：978-986-366-597-7